碧野 圭

情事の終わり

実業之日本社

実業之日本社文庫

目次

1

「ところが、それですまなかったんですよ。三ヶ月ほど経《た》ったある晩、仕事で遅くなった柴田《しばた》が地下鉄の最寄り駅で降りて、階段を上っていました。もう終電で、周りには誰もいなかったそうです。それなのに、なんとなく視線を感じて上を見た。そうしたらいたんですよ、別れた彼女が」

営業部の課長の関口諒《せきぐちりょう》が、まるで怪談でも語るかのような口調で話をしている。

「地下鉄の階段の上から思いつめた表情で、じっと柴田を見下ろしていたんだそうです」

「うわー、駅で待ち伏せされたんだ。怖いねー。それで、彼はどうしたの？」

作家の榊聡一郎《さかきそういちろう》が嬉《うれ》しそうな声をあげる。明らかに酷《ひど》い結末を期待している口ぶりだ。

「その瞬間、恐怖で頭が真っ白になった、って柴田は言ってました。人間、パニックになると思わぬ行動を取るんですね。彼女の方に突進して、両手で思いっきり突き飛ばし、そのまま全速力で逃げ出したそうです。あとは野となれ山となれ」

「情けないなあ、それは」

「強面《こわもて》でならしたあの柴田がねえ」

溜息《ためいき》混じりの榊に続いて、久世拓哉《くぜたくや》課長もにやにやしながら感想を述べる。ホステスを除けばその席で唯一の女性である雨宮奈津子《あまみやなつこ》は、その光景を黙って眺めていた。自分も接待要員として駆り出されたのだから、何か気の利いたことを言わなければと思うのだが、うまく言葉が出てこない。噂話《うわさ》は苦手なのだ。知らない相手とはいえ、女性を貶《おとし》めるような話はできれば聞きたくない。

目の前のホステスが奈津子のグラスに何杯目かのウイスキーを注《つ》ぎ、黙りがちな奈津子を気遣うようににっこりと微笑《ほほえ》みかけた。奈津子もありがとう、と言うようにグラスを受け取りながら微笑み返す。

「それで、女は追ってきたの？」

「怖くて後ろを振り向けなかったので、わからなかった、と言ってました。とにかく全力で走って、なんとか自宅までたどり着いたらしいですよ」

「まあ、ナイフで刺されなかっただけでもありがたいと思え、ですよねえ。柴田だって四十過ぎているのに、若い女と結婚するために五年も付き合った四十女を捨てたわけだから、恨《うら》まれても仕方ないよ」

書籍事業部の戸田実《とだみのる》部長も口を挟む。久世課長と奈津子の直接の上司だ。営業の人間も合わせて、四人がかりで作家を接待するのは珍しい。しかもヒラの編集者は自分だけで、あとの人間はみな肩書きがついている。こういう面子《メンツ》を揃《そろ》えたのは、久世課長が榊との関係を重んじている証《あかし》だ、と奈津子は思う。

「だけど、二十七歳と四十歳のどっちがいいと言われれば、男なら迷わず二十七歳を取るでしょうね」

自分も四十代半ばの久世課長が、同情するような面持ちで言う。四十二歳の私の前で、わざわざそんなこと言わなくてもいいのにな、と奈津子は秘《ひそ》かに嘆息する。

「いや、僕はどっちでもいいですよ。四十には四十の魅力があるし」

まだ三十代に見える関口がすました顔で言う。自分は年上でもＯＫと言いたいらしい。

「そうですよね。いくつになっても魅力的な人はいますよね」

ホステスが関口に同意する。ホステスはまだ二十代半ばだから、年かさの奈津子のことを気遣ったのだろうと、奈津子は思う。関口はそうだよねー、と言いながらホステスと目を見合わせて大きく頷《うなず》いた。仲のよさそうなふたりの様子が面白くないのか、久世課長が関口を揶揄《やゆ》する。

「とか言っても、こいつの奥さんは八歳も年下なんですよ。まだ二十七歳なんだから」

奥さんがその年だったら、関口は三十五歳だ。それでもう課長なのか。うちの会社では出世が早い方だ。軽そうに見えるが、実はやり手なのだろうか。

「言ってることと、やってることが違うじゃないか」

戸田部長がすかさず突っ込む。関口はまいったな、という顔をしてみせる。

「だから、僕はどっちでもいいんですってば」

「それって、ただの女好きじゃないか」

久世にさらに鋭く突っ込まれて、関口が救いを求めるように作家の榊に話を振る。

「榊先生もそう思いませんか。女は年じゃない、って」

「まあ、そうだね。女性にはそれぞれに味わいがある。その年齢ならではの魅力がある」

榊がちらりと奈津子を見た。値踏みするようなその視線を感じて、奈津子は思わず俯《うつむ》いた。ホステスが榊の発言を支持するというように、笑顔を浮かべながら音を立てずに小さく拍手した。

「だが、私がそう思うようになったのは、四十をとっくに過ぎてからだ。君みたいに若い男がそんなことを言うのは、ちょっと早すぎないか」
榊は五十代半ば。彫りの深い知的な顔立ちで、身体《からだ》も引き締まっているので年より
ずっと若く見える。ひと目でブランド物とわかるグレーのジャケットに、グリーンの
アスコットタイを嫌味なくあしらっている。なかなかお洒落《しゃれ》だ。その容姿のせいか、
売れっ子だからなのか、女性関係でも派手な噂が絶えない。
「関口はただの女好きですから。こいつは営業部きっての遊び人って言われているん
ですよ」
すかさず久世課長が茶々を入れる。やっぱりそうか、と奈津子は思った。関口のこ
とはよく知らないが、いつも目立つ格好《かっこう》をしている男だ、と思っていた。今日もピン
ストライプの背広にクレリックシャツ、おまけにピンクのネクタイだ。背が高く、顔
立ちも整った関口によく似合ってはいるが、そこがかえって嫌味だ。自分の容姿《ようし》がい
いことを自覚しているようで好ましくない。
「それは人聞きの悪い。僕はただフェミニストなだけですよ」
「そうかな、俺は君の噂をさんざん聞いてるぞ。冷めてしまった相手には手酷いそう
じゃないか。君が女に優しいフェミニストだとはとても思えないけどな」
戸田部長の言葉に座がどっと沸《わ》く。

「えー、関口さんって、そんな方だったんですか」

ホステスが大げさにがっかりしたような声を出す。関口が慌てた様子で抗議する。

「まったく誰ですか、そんな話を部長に吹き込むなんて」

「まあ、噂だから尾ひれがついているのかもしれないが、次から次へと相手を替えるというのは、フェミニストというよりドンファンだろ」

「さっきの柴田って人の話じゃないが、女は別れ方を間違えるとあとが怖いからね。君も気をつけた方がいいよ」

戸田部長だけでなく、榊聡一郎にまで責められて、関口が芝居がかった悲痛な声をあげた。

「勘弁してくださいよ。ドンファンだなんて、僕、そんなにもてませんから。それに、いろいろあったのは昔の話でしょう？　結婚してからは真面目《まじめ》ですよ」

「本当か？」

「少なくとも、社内では」

「なんだ、やっぱり変わってないんじゃないか」

再び座がどっと沸いた。戸田部長が笑いながら関口の肩を押す。まいったな、と口では言いながら関口も笑っていた。

今日は関口課長がひとりで場を盛り上げている。営業マンだけに手馴《てな》れたものだ。それとも、あれが地なのだろうか。奈津子がぼんやりそんなことを考えていると、

「ところで、君は僕の小説で何が好きなの？」

突然、榊が隣に座っている奈津子に尋ねた。

「そうですね、私は『風の街』が一番好きです」

急に話を振られたので、奈津子は思いついたままを口にした。

「ほほう、あれはあんまり評判よくないんだけどね」

榊の口調が少し不機嫌になったのを感じて、奈津子はしまった、と思った。世間的には「風の街」は榊の失敗作だと言われている。本人も気に入っていないらしい。挙げるのであれば、もうちょっとポピュラーな作品にしておけばよかった。

「もちろん『遥かな闇』や『雪白《せっぱく》の月』も素晴らしい作品だと思います。だけど、『風の街』は、先生の作品の中でも異色の作品だと思うので。好きというか、すごく興味深い作品なんです」

奈津子の弁明はさらに墓穴を掘ったようだ。榊がなおも詰め寄る。

「どういうところが？」

さりげない口調だが、目は緊張している。答え方次第では容赦《ようしゃ》はしないぞ、という

気迫が感じ取れる。奈津子は内心冷や汗をかく思いだ。

作家に作品の感想を言うのは緊張する。ほとんどの作家は自分の作品の評価に対して非常に敏感だ。うかつなことは言えない。まして榊のような大御所であれば。

「先生の作品で『風の街』が一番お好きというのは珍しいですね」

榊の横にいるホステスも興味深げに口を挟む。榊のお気に入りの細面《ほそおもて》の美人だ。仕事熱心な彼女は、上客である榊聡一郎の本なら、ほぼ読破しているだろう。

「そうですね、僕も理由が聞きたいな」

奈津子の上司の久世課長も軽い口調で言う。やはり目は笑っていない。視線はまっすぐ奈津子の目を捉えている。慎重に答えろ、と警告しているようだ。

「そんなに注目されると困ってしまうんですけど」

その場にいる全員の視線が自分に集中しているのを感じて、奈津子は作り笑いを浮かべる。だが、みんなは黙ったままだ。仕方なく奈津子は話し始めた。

「先生の作品に出てくる女性はどれも魅力的で、女から見るとすごく羨《うらや》ましいです。美人で、趣味もよくて、才能があって。仕事も恋愛も両立させて。だけど、この作品のヒロインは珍しく平凡な主婦でしょう。そこがとてもよかった。正直に言えば、私のような普通の女には、こうしたヒロインの方が共感できるんです」

馬鹿《ばか》、というような顔をして久世課長がこちらを睨《にら》んだ。あまりうまい言い方ではなかったらしい。奈津子は内心しまった、と思う。

「もちろん、ほかの作品もどれも素晴らしいのですけど、とくに男性の心理については、よくもここまで、と思うほど男のずるさや弱さが鋭く描かれているので、いつも圧倒されるんです。だけど、先生は女性に対してはとてもお優しくて。『風の街』も、最初はヒロインを突き放して書こうとされていたのに、途中からは先生の姿勢が変わってしまった気がして、そこがちょっと残念で……」

そこで言葉が詰まった。どぎまぎして、言いたいことがしゃべれない。

「その……もっと、男性を描くくらいの厳しさで女性を描いてほしいと思うんです。『風の街』でやろうとされたことを、もっと徹底させて、その……」

場が凍りついたようになっている。榊が厳しい顔でこちらを見ている。なんとかうまく取り繕《つくろ》わねば、と奈津子はあせるが、あせればあせるほど言葉がまとまらない。掌にじっとり汗が滲《にじ》む。すると、

「まあ、男だったら誰だって女性のいいところを見たいですよ。女性に対する憧《あこが》れがありますからね。僕は先生の女性の描き方が好きですよ。女性のリアルさを描くんだったら、女性作家の方が得意だと思うし。雨宮さんも、そうは思いませんか？」

しどろもどろの奈津子を助けるように、関口が穏やかな口調で話を引き取った。励ますように奈津子に目で微笑みかける。それに力を得て、奈津子は言葉を続ける。

「ええ、もちろんそうだと思います。先生の今までの作品を否定しているわけではありません。どれも素晴らしい作品ですし、女性の描き方も素晴らしいと思います。だからこそ、これだけ多くの読者に支持されているのでしょう」

奈津子は顔をあげて榊の方を見た。榊の表情からは何も読み取れない。

「ですからこれはあくまで私の願望というか、無いものねだりみたいなものなんですけど、先生の筆力でしたら別の描き方もできると思うんです。男性だからこそ描ける女の実像というような……。私は、そういう作品も読んでみたいんです」

榊は黙り込んだままだ。顎《あご》を手で挟んだ姿勢で、何か考え込んでいる。一同は固唾《かたず》を呑《の》んで榊の言葉を待つ。

「ずいぶんはっきりものを言うな、君は」

ようやく口を開いた榊は、奈津子に向かってそう言い放った。その語気の強さに、奈津子は思わず首を竦《すく》めた。

「申し訳ありません。悪気はないんですが、雨宮は異動してきたばかりなので、口の利《き》き方を知らなくて」

慌てて上司の久世課長が榊に詫《わ》びを入れる。それを制して、

「いや、面白いよ。こんなにはっきり編集者に意見されたのは、久しぶりだ」

榊の目は柔和《にゅうわ》だ。どうやら怒ってはいないらしい。

「おもしろいね、君は。ずいぶんと度胸がある。さあ、乾杯しよう」

そう言って榊は奈津子にグラスを掲げる。奈津子も硬い笑みを浮かべながら、グラスを掲げて挨拶《あいさつ》する。しかし、奈津子は榊の真意をまだ測りかねている。周りの人間もそうなのだろう。誰も口を利かない。その緊張を察したのか、榊は言葉を続ける。

「いや、私は本当に感心したんだ。編集者は私の作品を褒《ほ》めるばかりで、もう何年も、こんなふうに言われたことはない。みんな、私のことを気遣ってくれて、批判めいたことは口にしない。だから、時々、本心で褒めてくれているのか、わからなくなる時があるんだ」

榊の声には、はっとするような真摯《しんし》な響きがあった。売れている作家の孤独とはこういうことなのか、と奈津子は思う。榊は奈津子の目をまっすぐ見ながら話を続ける。

「君はよく読んでいると思うし、言っていることもよくわかる。『風の街』で最初にやろうとしていたのは、確かにそういうことだった。女性という存在を、突き放して書こうとしてみたんだ。だけど新聞連載だったので、そういう書き方があまり読者に

支持されていないことが早い時期にわかってしまった。長い連載なのに、そんな状況が続くことに耐えられなかった。それで途中から書き方を変えて、いつものやり方に戻してしまった。その中途半端さがいけなかったのだ、と今でも悔いが残っている」

「先生……」

榊の言葉にみんな黙って耳を傾けている。だが、張り詰めた空気は和《やわ》らいでいた。

「やっぱり、もう一度、試してみるべきだろうね。やりかけたことだから。今、手をつけている仕事が一段落したら、君の言うような、普通の女性の目線で小説を書いてみるよ。そうしたら、ぜひ感想を聞かせてくれ」

「その作品は、ぜひうちで出版させてください」

久世課長がすかさず口を挟む。

「まったく、君は調子がいいな」

「それはもう、編集者ですから」

再び座がどっと沸いた。榊の考えがわかって、ようやく全員の緊張が解けたのだ。そしてそれまでの反動のように、一同は明るく、声高に、とりとめのないことで笑いあう。話題も、あたりさわりのない世間話に戻っていた。

それを見ながら、奈津子はそっと席を立った。緊張が緩んだためか、急に酔いが回って頭がくらくらした。少し吐き気もする。小さな店の隅に目隠しの衝立《ついたて》が置かれていて、その裏に回ると化粧室の扉があった。ドアを開けると、洗面台とトイレが一室にある。掃除は行き届いているが、思ったより狭い。洗面台に小さな一輪挿しが置かれ、白と赤のまだら模様のカーネーションが飾られている。これだけが質素なトイレの唯一の飾りだ。

銀座のバーといっても、結構、地味なんだな、とぼんやり思っていると、急に突き上げるような吐き気に襲われた。便器の上に屈《かが》みこむと、そのまま何度も嘔吐《おうと》した。胃の中のものを吐き出してしまうと、少し落ち着いた。洗面台の蛇口《じゃぐち》を捻《ひね》り、冷たい水道水を両手で受ける。その水を口に含んで口の中をすすぐ。口の中がすっきりして、ようやく人心地がついた。

ハンカチで口元を押さえながら、鏡に映った自分の顔を見る。色白で、目が大きく、年の割りには若く見える、と自分でも思う。美人顔だと言われることもある。書籍への異動が決まった時も、羨んだ同僚に、

『奈津子は美人だから、接待に向いていると思われたんじゃない？』

と、冗談ともやっかみともとれる言い方をされた。

『やめてよ、四十過ぎたオバサンなんかに接待されても、誰も喜ばないわよ』

と、言ったものの、異動してみたら、雑誌に比べて接待が多いのに驚いた。自分自身の担当する作家の接待だけでなく、大御所の作家の接待要員として駆り出されることもあった。書籍第二編集部は二十人ほどスタッフがいるが、そのうち女性はたったの三人だ。接待には女性が同席した方がいい、というのが久世課長の考え方なので、その三人の誰かを連れて行きたがった。たいていは若くて独身の、ほかの二人の同僚のどちらかが付いて行ったが、今日のように彼女たちの都合がつかないと、一番年上の奈津子にも声がかかる。接待に同席するのも自分の仕事のうちだ、と異動してきたこの半年でよくわかった。

「酷い顔している」

奈津子は小声で呟《つぶや》く。頬《ほお》がやつれてげっそりしているし、目の下の隈《くま》がやけに目立つ。化粧も剝《は》げかかっている。気のせいか、シニョンにした髪にも白髪が増えたように見える。

「ゆうべ、遅かったからな」

昨夜、帰りがけに久世課長に『明日の榊聡一郎の接待に同席してくれ』と言われて、内心、慌てた。人気作家だから五、六冊は読んでいたが、それも昔の話だ。最新作やここ数年の話題作には目を通していない。気難しいところもある作家だと聞いていたので、自分の本を編集者がほとんど読んでいないと知ったら、気を悪くするかもしれないと思った。急いで榊の最近の本を掻《か》き集め、五冊ほど斜め読みした。ゆうべはそれであまり眠れなかった。

「おかげで、さっきのピンチをなんとか乗り切れたんだから」

奈津子は小さく呟いて、鏡の中の自分を励ますように、にっこり笑う。少しわざとらしい笑顔が鏡に映っている。しかし、頭の芯《しん》がまだくらくらしている。

それにしても今日は何時まで付き合わされるんだろう。榊聡一郎は飲み始めたら長いという噂だから、最後まで付き合ったら朝方になるだろう。それまでもつだろうか。

奈津子はバッグからのろのろした動作でポーチを取り出した。ファンデーションを出し、化粧直しをする。チークを薄くつけ、口紅も塗り直す。少しはましな顔になった。

溜息《ためいき》をひとつ吐《つ》いて奈津子は化粧室を出た。その途端、眩暈《めまい》に襲われた。世界がぐらぐらと回っている。思った以上に酔いが回っていたらしい。思わずしゃがみこんで、床に手をついて身体を支える。困ったな、と思ったその時、

「雨宮さん、大丈夫ですか?」

頭の上から声が降ってきた。スーツの脚が目の前にある。見上げると、営業の関口だった。

「しっかりしてください」

関口の声には、呆《あき》れたという調子が籠《こも》っている。

「すみません、ちょっと呑み過ぎちゃったみたいで」

そう言いながら、よろよろと奈津子は立ち上がる。が、その瞬間、またも激しい眩暈に襲われた。立っていられなくなって、再び膝《ひざ》を床につく。

「しょうがないなあ」

と言いながら、関口は奈津子に手を差し出した。細くて長い指に、こういうタイプの男にしては珍しく、結婚指輪が光っている。一瞬、奈津子はためらったが、差し出された手を握ってゆっくり身体を起こす。関口の手は乾いて温かかった。立ち上がって並ぶと関口は奈津子より頭ひとつ分、背が高い。外国人を思わせるような色素の薄い、茶色の瞳《ひとみ》がじっと自分の顔をみつめている。奈津子は少しどぎまぎする。

「ありがとうございます。ちょっとふらついたけど、もう大丈夫……」

そう言っているうちに、また眩暈に襲われて壁に凭《もた》れかかった。

「ほんとに大丈夫ですか？　あまり無理しない方がいいですよ」

「今、トイレで吐いたから、もう落ち着くと思うのですけど」

「心配だなあ。今日はもう帰った方がいいんじゃないですか？」

「だけど、接待だし、そういうわけには……」

「あちらの席に何か荷物は置いてあるんですか」

奈津子の答えを無視して、関口が問い掛ける。

「荷物？　とくにはないですけど」

冷房がきいている店なので、ジャケットは脱がなかった。荷物は今提げているショルダー・バッグだけだ。

「だったら、このまま席に戻らずに家に帰ったらどうですか」

「えっ」

「下手に席に戻ると、帰りにくくなるでしょう。『先に帰る』なんて言うと座がしらけるし。こういう時は黙って消えればいいんですよ」

「でも……」

接待も仕事のうちだ。挨拶もせずに帰るのは、仕事を途中で放り出すようで気持ちが悪い。

「僕の方から先生に言いわけしておきますよ。体調が悪いんだから、仕方ないじゃないですか」

「ほんとに、いいんですか？」

とき「大丈夫ですよ。あとはオヤジの好きそうなお店に連れて行って、適当にご機嫌取っときますから」

関口が励ますように、奈津子の腕を軽く叩《たた》いた。奈津子はほっとした。本音を言えば、やっぱりもう帰りたい。そんな奈津子の表情を見て、関口が言う。

「そうと決まったら、すぐに出た方がいいですよ」

今ふたりがいる場所は、化粧室のすぐ前。出入口から遠くない。みんなの座っている座席からは死角になっているので、そっと出て行けば気づかれないだろう。

「すみません、じゃあ、お言葉に甘えて失礼します」

奈津子は深々と頭を下げた。

「いいから、もう」

関口は急いで、というように手を振った。奈津子は再び頭を下げると、そのまま出入口に向かってよろよろと歩いて行った。

2

「ねえ、理沙《りさ》、ちょっと待って」

榊聡一郎の接待から三日後の土曜日、奈津子は足早に去っていこうとする娘の背中を追いかけていた。しかし、大勢の人々の群れに阻《はば》まれてなかなか前に進めない。娘の理沙は十六歳だが、すでに奈津子の身長を五センチも追い越している。踵《かかと》が十センチもあるようなオープントゥのサンダルを履いているにもかかわらず、人混みを器用に掻き分けて前に進んでいる。赤いリボン・バレッタで束ねたポニーテールがゆらゆらと揺れるのが見える。初夏の強い日差しと人いきれに、奈津子はのぼせそうだった。

お気に入りのロックバンドのコンサートを見るために、会場の後楽園ドームに理沙は向かっていた。そのバンドは音楽性よりも華やかな容姿や派手なパフォーマンスで若い女性の人気を集めている。チケットを取るだけでもなかなかたいへんらしい。水道橋の駅から会場へと向かう歩道橋の上にもずらりと若い女性が立ち並び、「チケット売ってください」と書いた紙を掲げている。その傍《かたわ》らには、生写真やグッズなどを並べた屋台が並んでいる。「チケット、ありますよ」と、道行く人に声を掛けるダフ屋もいる。しかし、コンサートに向かう人々の多くは見向きもせず、先を急いでいる。

「ねえ、終わったらどこで待ち合わせる？　いっしょに帰るでしょう」

歩道橋の中ほどでやっと追いつくと、奈津子は理沙の腕を摑《つか》んで話しかける。

「ここからならひとりで帰れるわ。あんたはもう、帰ればいいでしょう」

理沙は振り返って冷たい声で言う。迷惑だというのがありありだ。

「そうはいかないわ。終わると九時過ぎじゃない。家に着くのは十一時近くでしょう。そんな時間にひとりで帰るなんて」

「そっちだって毎日、午前様のくせに。私だって平気よ」

そう言って理沙はこちらを睨んだ。理沙はコンサートのために気合を入れてお洒落をしている。お気に入りのオーガンジーのドルマントップスに白のキャミソールとショートパンツを合わせ、小物や靴は赤でコーディネートしている。なかなか決まっている。せっかくのお洒落なのに、そんな顔をしたら台無しだ、と奈津子は思う。

「そんなこと言っても……」

「チケットは無事に受け取れたからいいでしょ。おばあちゃんにそう言っといてよ」

理沙はますます不機嫌そうだ。コンサートに理沙が行くと言い出した時、同居している義母の多恵《たえ》が強く反対した。そんな場所にひとりで行くことも心配だが、チケットの入手方法がもっと気に入らなかったらしい。理沙はファンサイトのチケット売買を利用して、知らない人にチケットを譲ってもらうことにしたのだ。

「そのチケットは本物なの？　詐欺《さぎ》かもしれないわよ」

などと言って多恵は不安がる。奈津子の方は娘がコンサートにひとりで行くことも、チケットをネットで買うことも、本心では賛成である。詐欺にあったところで大金ではないし、いい経験になる。だが、多恵があまりに強く反対するので、自分が同行するからと説得したのである。

多恵はそれでしぶしぶ承諾したが、今度は理沙がむくれた。高校生にもなるのに保護者の付き添いなんて、というわけだ。来る途中でも、iPodのイヤホーンをしたまま、奈津子とは口を利こうともしなかった。事前に約束した場所で、初めて会う相手とのチケットの受け渡しが無事に終わると、さっさと帰れと言わんばかりに理沙は奈津子を邪険《じゃけん》にする。

「ここまで来たんだし、終わるまで待ってるから。ねえ」

奈津子が理沙を説得していると、

「雨宮さんじゃないですか？」

と、前方から来た人物に声を掛けられた。声のした方に視線を向けた奈津子は、思わず大声を出す。

「関口さん！」

榊聡一郎の接待で関口と同席したのは、ほんの三日前。休日に、会社以外のこんな場所で会うのは予想外のことだ。

しかし、関口の方は予想の範疇《はんちゅう》とでもいうように落ち着き払っている。

「今日はコンサートにいらっしゃるんですか」

関口はそう言いながら、ちらっと理沙の方を見る。

「いいえ。行くのは娘の方。私は付き添いです。こちら、娘の理沙です。理沙、ママの会社の関口さん」

「こんにちは」

理沙は愛想《あいそ》のない調子で言って、頭を下げた。

「はじめまして。関口です」

関口はすました顔で、子どもというよりはまるで仕事相手のように挨拶をする。理沙は少し居心地悪そうな顔をして、

「私、もう始まるから、行くよ」

そのままさっさと歩き出す。その背中に向かって奈津子は声を投げる。

「終わったら連絡ちょうだい。会社か、その辺の喫茶店にでもいるから」

奈津子の職場はここからJRに乗ればひと駅だ。休日なのであまり会社には行きたくないが、行けばなにかしらやることはある。

「すみません、愛想のない娘で」

遠ざかって行く娘の背中を見送りながら、奈津子は関口に言い訳する。

「いえ、利発そうな、しっかりしたお嬢さんですね」

関口はあたりさわりのない返事をする。関口の方が肩書きでは上だが、奈津子の方が年上だ。それで、関口も礼儀を崩さない。

「ところで、関口さんはどうしてここへ」

「僕も娘の送り迎え、と言いたいところなんですが、実は妻の送り迎えなんです。学生時代の友達といっしょに見に来ているので」

「まあ、奥さんですか」

「ええ。子どもがいないんで、いつまでも気持ちが若いんでしょうね」

そうして照れくさいような、きまり悪いような顔になった。自信家の関口には似合わない表情だ、と奈津子は思う。

「だけど、ちゃんと送り迎えするなんて、いいダンナさまじゃないですか」

「いや、まあ、暇だったので。ところで、今日はこれからどうしますか?」

「私はこれから……」

『会社に行こうと思っている』と言おうとしたところで、背中に誰かが、どん、とぶつかった。そのはずみでバランスを崩してよろけた。関口の手がさっと伸びて、転びかけた奈津子を受けとめる。

「すみません、また私……」

体勢を立て直すと、関口から奈津子はすばやく身体を離した。

「こんなところで立ち話している方がいけないですね。どうですか、よければお茶でも」

関口が軽い調子で誘う。

「え、でも……」

「どうせコンサートが終わるまで時間があるし、ひとりで待っていてもつまらないですから。雨宮さんも終わるまで時間を潰《つぶ》すのでしょう？」

「ええ……」

「じゃあ、あちらのティールームにでも行きませんか？」

関口は後楽園の敷地の中にある高級ホテルの名前を挙げた。奈津子たちのいる場所からも、高層の建物が見えている。

「そこに車を預けたので、どちらにしても食事かお茶をするつもりだったんですよ」

「でも、私、こんな格好ですし……」

奈津子は目線を下に落とす。デニムにシンプルな白のカットソー。理沙を送り迎えするだけのつもりだったので、普段着のままだ。出掛けに十分で済ませたから、化粧もいい加減なものである。

「かまいませんよ。ホテルなんてところはいろんな人が訪れる場所だから、誰も気にしませんよ」

そういう関口もデニムである。とはいえ、襟《えり》ぐりが大きく開いた砂色のカットソーに麻のジャケットを合わせ、革のメッシュベルトに同じ色のブーツを履いている。カジュアルだが洗練されている。奈津子は少し気後れしている。

「そうは言っても……」

関口は奈津子の躊躇《ちゅうちょ》などまったく気にせず、

「じゃあ、行きましょう」

そう言って、さっさとホテルに向かって歩いて行く。仕方なく奈津子も後に続いた。

ホテルの一階のティールームは、休日のせいか混んでいた。それを見て、関口は上階のイタリアン・レストランに奈津子を誘った。食事の時間には少し早いが、コンサートが終わるまでの時間を潰すのにはちょうどいいだろう、と言うのだ。奈津子は関口の提案に従うことにした。

「お酒は召し上がりますか？」

テーブルに着くと、さっそく関口が尋ねる。時間が早いので、店内はそれほど混んでいない。窓側の一番いい席に通されている。店内には大きな観葉植物や花の鉢がそここに置かれ、窓も大きくとってあるので、開放的な雰囲気だ。

「そうですね。一杯だけいただきます。この前は呑み過ぎましたから」

奈津子は苦笑いして言う。関口に醜態《しゅうたい》を晒《さら》したことを思い出していた。

「そういえば、先日はありがとうございました。ほんとに助かりました」

「それはもう、いいですよ。お礼のメールもいただいたし」

奈津子の言葉を遮《さえぎ》るように、関口はメニューを差し出した。

「それより、何にしますか」

奈津子はグラスワインを、関口は車だからとジンジャーエールを注文した。そのあと関口は奈津子にいくつかの料理を薦《すす》め、自分も前菜、パスタ、メイン料理と、てきぱきとオーダーを決めた。注文が終わると、ジンジャーエールとワインで乾杯をした。

「ところで、雨宮さんはいつ書籍編集部に異動されてきたのですか？」

ちょっと思いついた、というように関口が尋ねた。

「一月です。それまではずっと雑誌一筋で、『ハウスマム』にいたんです」

「ああ、なるほど」

『ハウスマム』は半年前に休刊になった主婦向けの雑誌の名前だ。休刊と同時に奈津子は今の書籍第二編集部に異動になった。こちらはエンタテインメント小説を中心に、ノンフィクションやエッセイなどの単行本も手掛けている部署だ。

「雨宮さん、そういえば一昨年、エッセイの単行本で社長賞を獲《と》られたでしょう?」

「ええ、よくご存知ですね」

社長賞は年に一度、その年、顕著《けんちょ》な成績を挙げた社員に与えられるものだ。毎年、四、五人の社員が選出され、全社員が集まる創立記念日の式典で、その表彰式が行われる。

「僕も、同じ年の社長賞だったんですよ。新レーベルの販売戦略の功績で、営業一課がチームで受賞したんだけど」

「ああ、そうでしたね。あの受賞挨拶は印象的でした」

受賞スピーチの番が回ってくると、営業チームは全員、壇上に横一列に整列し、号令一下、営業部へのエールを叫んだ。身振り手振りを交えたエールのあと、最後は三々七拍子で締めた。他の受賞者の厳《おごそ》かなスピーチとはまったく異なる、一糸《いっし》乱れぬ体育会系のパフォーマンスに、五百人以上集まった社員たちはみな呆気《あっけ》に取られた。その時、真ん中で音頭を取ったのが関口だった。そのノリの軽い若い男が、実は営業一課の課長だ、と知って奈津子はさらに驚いた。

「今でもよく言われますよ。あれでお前の顔と名前を覚えたって」

「私もそうでした」

「じゃあ、やってよかったんですね」

そう言って関口は微笑んだ。その屈託のない笑顔がやけに眩《まぶ》しく見えて、奈津子は思わず視線を下に逸《そ》らす。それが不自然に見えないように、グラスワインを手に取って口をつける。

「僕の方は、雑誌の編集者が単行本で賞を獲るのは珍しいから、雨宮さんのことを覚えていたんですよ」

「あれは、運がよかったんです。雑誌で連載していた時はそれほど人気がなかったんですけど、単行本を出す頃に、あの作家さんが大きくブレイクされたから……」

「でも、売れていない頃に作家に目をつけて、依頼されたのは雨宮さんでしょう？」

「まあ、そうですけど」

「だったら、いいじゃないですか。先見の明があったということですよ」

そう言って、関口はジンジャーエールのグラスを掲げて、乾杯、という動作をする。

「そうでしょうか」

「そうですよ。それで、書籍の方に引っ張られたんじゃないですか？」

「え？　ああ、今まで考えたこともなかった。そういう見方もできるんですね」

奈津子はちょっと苦い顔をした。それを見て関口が、

「あれ、もしかすると書籍に異動したくなかったんですか」

「え、ええ。正直に言えば、雑誌に残りたかったんです」

『ハウスマム』の休刊後、スタッフの大半は雑誌事業部の中のどこかのセクションに引き取られた。四十過ぎた人間はほとんどが編集を外され、制作や版権管理といった事務職に移された。その中で何故《なぜ》か奈津子だけ、書籍事業部へ異動になった。配属になった書籍第二編集部は勢いのある部署だ。同僚たちにはしきりに羨ましがられた。

「この年になってまた一からやり直すのはしんどいですね。人間関係も大幅に変わるし。まあ、贅沢《ぜいたく》な悩みかもしれませんけど」

奈津子は薄い笑みを浮かべながら言った。

「なに言ってるんですか。まだ雨宮さん、お若いじゃないですか」

「いえ、私、営業の嶋田《しまだ》さんと同期なんですよ」

関口はちょっと目を見張った。奈津子が自分から年をばらすようなことを言ったので、驚いたらしい。しかし、そのことには触れず、

「僕は営業しか知らないのでぴんとこないのですけど、雑誌と書籍とでは、同じ編集でも勝手がだいぶ違うんでしょうね」

「思っていた以上に違いました。作業量は雑誌の方が圧倒的に多いし、時間的拘束も長いけど、自分のペースで仕事ができます。でも、書籍の方はまず作家ありき、でしょう？　気を遣うことも多いので、精神的には書籍の方がはるかにしんどいですね」

「そういうものですか」

「ええ。それに以前は女性のスタッフが多かったから、仕事のやり方にも理解があったんです。私は子持ちで、遠距離通勤なので、時間的な融通《ゆうずう》のきく増刊号とか単行本の仕事をメインにしてもらっていました。接待も免除されていましたし」

「遠距離通勤？」

「娘がいるので、夫の実家のある大船で義母と同居しているんです」

「大船ですか。それは結構、辛《つら》いですね」

大船の自宅から、飯田橋にある会社までは片道一時間半ほどかかる。毎日の通勤となると、しんどい距離である。

「おかげで通勤時間に集中して読書ができるんです。書籍になってからは読まなければならない本も増えたから、それはいいんですけど」

テーブルにパスタの皿が運ばれてきた。関口が優雅な仕草でバジルソースのパスタをフォークに絡《から》め取る。その手の甲と指の美しさに奈津子は思わずみとれた。

「でも、読みたい本を読むわけじゃないから、たいへんですね」

奈津子の方はなすとトマトのパスタである。フォークにパスタを絡めながら、奈津子は話を続けた。

「ええ、毎日、二冊とか三冊読まないと追いつかないし」

「そんなに？」

「お恥ずかしい話なんですけど、私、今まであんまり本を読んでなかったんですよ。出版社を志望したくらいだから昔は文学少女でしたけど、雑誌の仕事に就《つ》いてからは……。というより、子どもが生まれてからは、忙しくてとてもそんな時間は取れなくなりました。読むとしたら、資料になるような本や雑誌ばかりで……」

「それはそうでしょう。仕方ないですよ」

「でも、書籍の編集者になったからには、そうも言っていられないでしょう？　担当になった作家のものは全部読まなきゃいけないし、話題作にも目を通さなければと思うし、毎日、必死です」

「雨宮さんは真面目なんですね」

「えっ？」

茶化されたのかと思って関口の顔を見る。微笑を浮かべてはいるが、面白がっている顔ではない。

「書籍の編集といっても、ちゃんと本を読んでいる人間ばかりじゃないですよ。必要な本でも適当にごまかして、読んでるふりをしているやつも多いですから」

「そうかもしれません。だけど、それだと原稿をちゃんとチェックすることができないと思うんです」

「原稿のチェック？」

「ええ。作家から完成した原稿を受け取ったあと、編集者が意見を言うでしょう。その時、何を言うかについては、これといったマニュアルがあるわけじゃない。誰かがやり方を教えてくれるわけでもない。担当編集者が自分で良し悪《あ》しを判断しなきゃいけない。それがすごく怖いんです」

「怖いというと？」

「だって、私よりも作家の方がたいていは本をよく読んでいるし、いろんな知識もある。それに作家は何ヶ月もその作品のことをいろいろ考え、悩み、苦しんで仕上げてきたものでしょう？　うかつなことは言えないな、と思うんです」

関口は黙って聞いている。口元から笑みは消えている。

「それに、面白いと思う基準って、人によって違うじゃないですか。ジャンルによって、得意不得意もあるし。たとえば私は冒険小説はほとんど読んでこなかったんですけど、もしそういう作品が作家から上がってきたら、ちゃんと意見が言えるだろうか、と思うんです。いい加減なことを言って、作品を駄目にしたらどうしようか、と思うと本当に怖い」

「それで、いいんじゃないですか？」

「そうでしょうか」

「そういう畏《おそ》れを持って、ベストを尽くそうとすればそれでいいんだと思うんです。編集の連中がよく言ってるんですけど、作家は必ずしも編集者の言うとおりには直してこないそうですね。作家自身のこだわりがあったり、技術的な問題でできなかったり。結局、原稿は作家のものだし、編集者がどんなにいい意見を言っても、それを取り入れるかどうかは、作家の決めることなんでしょう」

「ええ、そうです」

「だとしたら、作家にとっては編集者が何を言うかよりも、自分の作品に真剣になってくれている、理解しようとしてくれる。その姿勢がいちばん大事なんだろうと僕は思いますよ」

「ありがとうございます。そうですね。そう思えば、少しは気持ちが軽くなりますね」

微笑んでみせたが、関口は真面目な顔を崩さない。気恥ずかしくなって、奈津子は下を向いた。そこへウエイターがメインの皿を運んでくる。関口はバルサミコ風味のソースがかかったローストチキン、奈津子は真鯛《まだい》の香草添えだ。

「雨宮さんは……仕事に対して真摯《しんし》なんですね」

しばらく黙って食事をしていた関口が、ふとナイフを止めて言った。

思いがけないことをふいに言われて、奈津子は小さくむせた。柔らかいはずの真鯛の身が、喉に詰まったようだ。

「すみません」

赤面する奈津子に、関口は紙ナプキンを差し出した。奈津子が落ち着くのを見て、関口は話を続けた。

「原稿チェックだって、いい加減なやつはいい加減みたいですよ。細かくチェックしたって、どうせ作家は自分の好きなようにしか直さないとか、売れない作家の原稿読むのは面倒だ、なんてことを平気で言う編集者もいますからね」

「まあ、人それぞれですから」

「それに、榊さんの接待の時も、雨宮さんは一生懸命、自分の考えを伝えようとしていたでしょう？　ちょっと驚きました」

「だって作品のことですし……それは当たり前のことでしょう？」

「そうでもないですよ。売れた作家にはみんなお世辞しか言わないし、ことにああいう酒の席では、うまいことを言って作家をいい気分にさせるのが常道だ。まあ、それが接待の目的でもあるんですけどね。接待でなくても、自分がよく思われたいから、売れている作家には誰も批判的なことを言ったりしない。あんなふうに、真剣に作家に訴える編集者を僕は初めて見ました」

「そうですか。だとしたら、それは……私が接待馴《な》れしてないからじゃないでしょうか」

「それもあるんでしょうけどね」

関口が奈津子の目を見て微笑んだ。つられて奈津子も微笑み返す。

「だけど、今、話を聞いて思いました。それが雨宮さんの信条なんだな、って。原稿のことに関しては、社交辞令を言わないという」

「馬鹿《ばか》ですよね」

「いえ。僕はちょっと感動しましたよ。年上の人に言うのはなんですが、一途《いちず》というか……すごく純粋だと思いました。すみません、へんな意味じゃないんですけど」

関口はちょっと照れたような笑みを浮かべる。

「僕も、背筋が伸びる思いがしました。この前の接待であなたが帰られたあと、榊聡一郎がしきりに残念がっていましたよ。その気持ちが、僕にもわかるな」

関口の言葉に、奈津子は当惑する。なんと答えればいいのだろうか。お世辞なのか、本気なのか。軽い男だと思っていた関口が真面目に語るので、落ち着かない気持ちにさせられる。テーブルの上の皿が片付けられ、ウエイターがデザートの準備を始めている。手持ち無沙汰《ぶさた》の奈津子は、

「あの、煙草《たばこ》を吸ってもいいですか」

と、切り出した。煙草を咥《くわ》えていれば、なんとなく間がもつだろう、と思う。

「かまいませんけど、雨宮さん、煙草吸われるんですか？」

「家では禁煙ですけど、会社では時々」

「じゃあ、僕も吸っていいですね」

そう言って、関口も胸ポケットから煙草を出した。奈津子が知らない輸入物の銘柄の煙草だ。

「でも、雨宮さんが煙草を吸うのは、ちょっと意外ですね」

「そんなに多くは吸わないんですけど、ゲラとか読んでいると、どうしても吸いたくなっちゃって」

奈津子は関口のライターを借りて煙草に火を点《つ》けた。奈津子の煙草は国産のメンソールである。関口も自分の煙草に火を点ける。細身の煙草を持つ関口の長い指が、計算されたように決まっている。

「ご家族には吸ってることは内緒なんですか？」

「ええ。義母や娘の前では吸わないふりをしています。夫は私が吸うことを知っていますけど、あまりいい顔をしないので、夫の前でも吸いづらいですね」

「では、家で吸いたくなった時はどうしてるんですか？」

「二階にクローゼット代わりに使っている簞笥《たんす》部屋があって、そこでこっそり」

「まるで、高校生みたいですね」

関口は声を立てて笑った。ようやくあたりさわりのない話題に移って、奈津子はほっとした。

それからは四方山《よもやま》話をして時間を潰した。営業マンの関口は話し上手で、次から次へといろいろな話題を振り、奈津子を飽きさせなかった。関口の妻から「これからアンコール」という携帯メールが来た時、すでに三時間以上も時間が経過していたことに気づいて奈津子は驚いた。時間が経つのがあっという間だった。

もうちょっと、このまま話していたいな。

そう思いながら席を立った。妻とそこで待ち合わせるという関口と、ホテルの一階で別れを告げた。しかし、ホテルを出て振り返った奈津子は、関口が玄関のところでまだこちらを見送っていることに気がついた。目が合ったので軽く頭を下げる。関口も同じように挨拶を返した。

今日は楽しかった。見掛けよりずっといい人だな。私の愚痴《ぐち》を、あんなふうに真面目に聞いてくれるなんて。あの人の方が七歳も年下なのに、私の方が励まされた。

奈津子の顔に自然と笑みが浮かんだ。

そういえば、榊聡一郎の接待の時、言葉に詰まった私をただ一人、フォローしてくれたのは、あの人だった。気持ちが悪くなった私をこっそり帰してくれたのも、そうだった。

『年上の人に言うのはなんですが、一途というか……すごく純粋だと思いました』

ふと関口の言葉を思い出して、頰《ほお》が熱くなった。

あれは本心だったのだろうか。まるで……私に好意を持っているような台詞《せりふ》だ。

そんな、まさか。気を回しすぎだわ。

奈津子は慌てて自分の考えを振り払った。あれはきっと目の前の女を嬉しがらせてやろうと思ったんだろう。女性にもてる人ってああいう言葉をさらりと言えるんだわ。

そんなことを考えながら待ち合わせの交差点で立っていると、後ろから肩を叩かれた。振り向くと娘の理沙だった。

「なにぼんやりしているの？」

「ちょっと考え事をしていただけ。それより楽しかった？」

「まあね。そっちは何をしていたの？　さっきの人といっしょだったの？」

詰問《きつもん》するような調子で理沙が尋ねた。

「ええ。そこのホテルのイタリアンで食事していた」

「ふーん、それで浮かれていたのね」

「別に浮かれてなんかいないわよ」

「そうかしら。なんだか、今日のママ、きもい」

きもい。流行《はや》り言葉かもしれないが、嫌な響きだ。「気持ち悪い」と言われるよりずっと不愉快だ。

「きもいってなによ。そんな言い方はないでしょう」

「だって、そうだもの。なんだか女くさい。こんな大きな娘までいるおばさんが、男の人と食事して嬉しいの？　その年になって、まだ男にちやほやされたいの？」

「ちやほやって、どういうこと？　関口さんとは別にそんな……」

理沙は奈津子の抗議を無視して、iPodのイヤホーンを耳にはめた。それ以上は奈津子と会話するつもりはない、という意志が明白だった。

やれやれ、と奈津子は思う。母親が父以外の男性とふたりきりで食事するということは、娘としたら面白くないのかもしれない。だけど、仕事をしている女には、珍しいことではないのに。編集という仕事をしていれば、男性とふたりで呑みに行くことだってよくあることなのに。なんだってあんなに攻撃的な言い方をするんだろう。最近の理沙はほんとに扱いにくい。

そのまま大船駅に着くまで、理沙は奈津子を無視して黙り続けた。仕方なく奈津子は理沙の隣に立って、黙って本を読んでいた。

駅に着いたのは十一時過ぎだった。改札を出ようとしたところで、

「ねえ、理沙じゃない？」

と、声を掛けられた。声を掛けてきたのは、眼鏡を掛けた理沙と同じ年頃の女の子だ。デニムに黒のTシャツというしゃれっ気のない格好で、大きなトートバッグを提

げている。頑張ってお洒落をしたと一目でわかる理沙とは対照的だ。

「久しぶり。元気？」

「うん、まあ」

相手はなつかしそうだが、理沙の方はそわそわして落ち着かない。話しかけられるのが嫌そうだ。

「こんな時間に、どうしたの？」

「ちょっと、コンサート」

「えっ、誰の？」

問い掛けに答えるかわりに、理沙はパンフレットを見せる。

「わ、いいんだ。よくチケット取れたね」

「はるかこそ今頃、どうしたの？」

「ん、私は塾の帰り。横浜の塾まで通っているから、どうしても遅くなっちゃうの」

「わざわざそんなところまで？」

「うん。結構、頑張らないと、学校の勉強だけじゃついていけないからさ。うちの学校、みんな秀才だし」

言葉とは裏腹に、はるかという少女は誇らしげだ。理沙は素っ気無い調子で答えた。

「そう。頑張ってね」

「うん、じゃあ、また」

小さく手を振ってはるかと呼ばれた少女は去って行った。後ろから見守っていた奈津子は、理沙に近づいて尋ねた。

「誰、彼女？」

「どうでもいいでしょ。あんたには関係ない」

吐き捨てるように理沙が言うのを聞いて、奈津子はふと思い出した。中三の時にははるかという名前のクラスメートがいたっけ。理沙は一番のライバルであり友人だ、と言っていた。第一志望校も同じだったはずだ。

『私の方が偏差値はちょっとだけいいの。だけどふたりとも合格して、いっしょに通えるといいな』

理沙は嬉しそうに言っていた。担任の教師も、理沙の成績なら第一志望も大丈夫だろう、と言ってくれた。直前の模試でも合格ラインは十分クリアしていた。

にもかかわらず、落ちたのははるかではなく理沙の方。理沙は当日、流行のはしかにかかって、受験することさえもできなかったのだ。

子どもの頃、ちゃんと予防接種を受けさせていたのに、まさか。

病名を聞いた時、奈津子は信じられない思いだった。

『お母さんが、予防接種し忘れたんじゃないの？』

四十度の高い熱で顔を紅潮させながら、理沙は奈津子に恨み言を言った。理沙の無念さがわかるだけに、奈津子もなんと言って慰めたらいいのか、言葉もなかった。

結局、理沙が進んだのは、お嬢さん学校として有名な私立の女子高だった。多恵が強く奨《すす》めたので、ろくに校風も検証せず受験していた。県立に受かるつもりだったので、私立は滑り止めとしか考えていなかったのだ。

『ここの生徒、馬鹿ばっかり。男か食べ物かファッションにしか興味がないみたい』

偏差値は高いが、小学校から大学までエスカレーター式に進学できるとあって、勉強にも緊張感が欠けるらしい。それに内部進学で上がってきた生徒たちが「ごきげんよう」と挨拶するのにも、公立育ちの理沙は閉口したようだ。

『きどっちゃって、馬鹿みたい』

『気に入らないなら、大学はほかに進めばいいじゃない。それに社会勉強だと思ってこういう学校を見るのも悪くないわよ』

前向きな考えを持たせようと思って言った奈津子の言葉に、理沙は噛《か》み付いた。

『高校三年間といったら、人生で一番いい時期じゃない。どうして私がこんなところでくすぶっていなきゃいけないのよ！』

高校受験に失敗してからの理沙は、母にも祖母にも口答えし、いちいち食って掛かる。ことに奈津子に対しては当たりが強く、呼びかける時にも「あんた」と言うし、ささいな言葉の間違いにも揚げ足を取る。最初は同情していた奈津子も、三ヶ月もそんな状態が続いているのでうんざりしている。だが夫の克彦《かつひこ》にそれを訴えても、あまり取り合おうとしない。

『今はショックで苛立《いらだ》っているんだろう。しばらく好きにさせておけば』

と、理沙の肩を持つ。克彦の言うとおりかもしれない。しかし、苛立ちをぶつけられるこちらはたまったものではない。言葉も十分武器になる。理沙の言葉は時々、ナイフのように心を抉《えぐ》る。

『男の人と食事して嬉しいの？　その年になって、まだ男にちやほやされたいの？』

そんな言い方をされると、関口と食事をして楽しいと感じたことが、とてもはしたないことのように思えてくる。

結婚していたら、夫以外の男性と食事をしてはいけないのだろうか。

会話を楽しむだけでもいけないのだろうか。

黙って先を歩く娘の背中を見ながら、奈津子は小さく溜息を吐いた。

3

週明けの月曜日、奈津子は課長の久世に声を掛けた。

「久世さん、今日の五時、大丈夫ですか？」

「えっと、なんだっけ」

何日か前、ある作家との打ち合わせに同行してもらう約束を、奈津子は久世課長に取り付けていた。その確認をしたのだが、課長は失念していたらしい。

「下井草《しもいぐさ》でI先生に依頼を……」

「ああそうか。しまったな。君といっしょに出ようと思っていたんだけど、その前に打ち合わせを入れてしまった」

「じゃあ、時間より少し前に、下井草の駅かどこかで待ち合わせしますか？」

「知らない場所だからそれも嫌だな。だったら君、その前の時間は空いている？」

「ええ。大丈夫ですけど」

「榊先生のところにゲラを届けに行くから、君もいっしょに行こう」

「榊先生ですか」

「人が打ち合わせするのを見るのも勉強だし、この前、榊先生とは顔を合わせているからちょうどいいだろう?」

「ええ、でも……」

榊聡一郎に会うのは少し気重だ。あの、人を見透かすような目つきは、こちらを落ち着かない気持ちにさせる。しかし、奈津子の躊躇を誤解したのか、

「この前、接待の途中で帰ったことだったら、この際、謝っておけばいいじゃないか。まあ、先生はあまり気にしてないと思うけどね」

と、久世は言う。それで奈津子は同行することにした。

榊の事務所は、青山のビルの三階にあった。青山通りから脇《わき》に入った静かな一角にあり、一階はブティックと骨董《こっとう》店が入っている。一階のオートロックで部屋を呼び出すと、秘書らしい女性の声が応答し、ロックが解除された。

部屋に入ると、真っ白なイタリア製のソファが目に飛び込んでくる。革張りで、壁に沿ってL字型に置かれている。絨毯《じゅうたん》や壁の絵やそのほかの家具なども、白と薄いベージュでセンスよくまとめられている。テーブルの上の大きなガラスの花瓶《かびん》には百合《ゆり》の花がひと抱え分、飾られている。百合は強い香りを発して、存在を主張していた。

「先生は、まもなくお見えになりますので、しばらくお待ちください」

秘書らしい女性がそう言って挨拶する。彼女自身も、部屋のインテリアに合わせたようなシックなダーク・ブラウンのスーツを着こなしていた。

「あ、伊達《だて》さん、こちら、うちの新人、といっても少し鮮度は落ちますが、一月からうちに来ました雨宮です」

伊達が奈津子に微笑み掛ける。親しげな、というより、儀礼的な作り笑顔だ。

「雨宮奈津子と申します。よろしくお願いします」

「こちら、先生の秘書を長く務めていらっしゃる伊達裕子《ゆうこ》さん。先生の仕事のことは、すべて伊達さんにお願いすればなんとかしてくださる。頼もしい女性だよ」

「あら、久世さんたら、お上手な」

伊達はころころと笑った。久世課長のことは気に入っているらしい。伊達は五十代に差し掛かったくらいの年頃で、髪はベリーショートというくらい短く、口調ははっきりしている。そのきびきびした物腰は、大企業の秘書と言っても通るだろう。ベストセラー作家のごく一部には秘書がついていることもあるが、彼女らはなかなかあなどれない存在だ。作家以上に編集者や出版社の力量や協力ぶりをチェックするし、当然のことながら作家への影響力も大きい。『作家に気に入られようとしたら、まず秘書に気に入られることが第一だ』と、奈津子は同僚たちから聞かされていた。

「それから、これは伊達さんがお好きだと伺ったので」

久世は菓子折りを渡す。来る途中、わざわざ赤坂の老舗《しにせ》の和菓子屋に寄って買ったものだった。

「あら、いつもすみません。では、遠慮なくいただきますわ」

伊達はにこにこしながら受け取った。それから奥に引っ込み、しばらくして緑茶と和菓子を持って現れた。赤い塗りの皿に葛餅《くずもち》の濡《ぬ》れたような半透明の肌が映《は》えている。

「おもたせで申し訳ないのですが」

そう言いながら、奈津子たちの前に伊達はきれいな所作でお茶と菓子を並べた。

「ありがとうございます。いただきます」

久世はお茶に手をつける。奈津子も「ありがとうございます」と、小声で言うと、お茶を喉《のど》に流し込んだ。

扉が開く音がしたので、久世は手を止めて姿勢を正した。奈津子もそれに倣《なら》う。

「やあ、待たせたね。久世くん。それに、えっと……」

上機嫌な様子で榊が部屋に入ってきた。その瞬間、ぱっと場が華やいだ。勢いのある作家特有のオーラが榊にはある。

「雨宮です。今日は打ち合わせを見学させようと思って、連れて来ました」

久世がフォローを入れる。奈津子も立ち上がって挨拶する。

「先日は、たいへん失礼しました。先生をお迎えしての席でしたのに、途中で帰ってしまって申し訳ありませんでした」

「トイレで吐いたんだって？　あの時はちょっとお酒を勧めすぎたかな。こっちも悪かったね」

人好きのする笑みを浮かべて榊が言う。

「でも、残念だったよ。君とはもうちょっと話がしたいと思っていたから」

「恐縮です。もし私でよければ、いつでもお相手させていただきますので」

奈津子は深く頭を下げる。

「では先生、早速、ゲラを」

久世は鞄《かばん》から紙袋を取り出した。榊はそれを受け取ると、ぱらぱらとめくった。

「これは、来週いっぱいで戻すということで大丈夫だね」

「結構です。ゲラはそういう形で進めさせていただきますが、そろそろ宣伝展開のことを考えたいと思っています。この作品の発売に合わせて、サイン会を仕掛けさせていただいてもよろしいでしょうか」

奈津子たちの会社が榊と仕事をするのは今回が初めてである。榊の原稿のスケジュールは付き合いのある会社が順番待ちの状態だが、久世課長が口説《くど》き落として、奈津子たちの会社から新刊を出せることになった。小説ではなく、榊がある大学で行った小説論の講義録を加筆訂正したものである。かつて高校の国語教師をしていた榊は、古典についての造詣《ぞうけい》が深い。この講義は榊自身の作品と、影響を受けた古典を比較して語るもので、榊の小説作法や小説に対する観念が語られて興味深い。だが、こうした本は小説に比べると売上は低い。榊のような人気作家でも、小説の売上の十分の一かそれ以下にしかならないだろう。それでも、これを取っ掛かりに榊との関係を深め、いずれは小説の書き下ろし原稿をもらう、というのが久世課長の描いた青写真だ。榊に気に入られるためにも、今回の宣伝は抜かりなく進めたいのだ。

「そうだなあ。小説じゃないし、何か違うことをやらないとなあ」

「発売に合わせて、うちの看板雑誌の『ヴィンテージ』でも特集を組ませていただくつもりではありますが……」

「それもいいが、何かできないかねえ」

「どこか大手の書店と組んで、トークショーのようなイベントを仕掛けるというのはどうですか?」

「うーん、それは何度もやっているからなあ」

そうしたやりとりを奈津子は黙って聞いていた。これは作家と担当編集者の領分だ。関係ない自分は下手に口を出さない方がいい。それで少し気を抜いていると、

「君、そんな、無関係みたいな顔してないで、何かアイデアはないのか？」

いきなり榊に突っ込まれた。さすがに作家は目が鋭い。

「そうですね」

どぎまぎしながら、奈津子は苦し紛れに答えた。

「デパートのイベントスペースを借りて、展示会とかできないでしょうか。先生は幅広い層に支持されていますから、いろいろな人が集まるデパートで何かやるというのも面白いと思うんです」

「デパートのイベントスペース？」

この場を乗り切らねばと、奈津子は思いつきをそのまま口にする。

「たとえば、『榊聡一郎の世界』と題して展示会をするとか」

「それは、私の作品歴とか、今までの作品を紹介するというものなの？」

榊は奈津子の言葉に食いついた。興味深そうに目を輝かせている。

「ええ、仕事場を再現して見せたり、赤入れしたゲラを展示したり。それに先生の作品は映画や舞台にもなっていますから、その時の衣装や小道具なども借りてきて紹介

もすれば、ビジュアル的にも見せられるものになると思います」

「それだと、作家の記念館みたいだな。それでは今回の本の宣伝にはならないんじゃないか？」

気に入らないのか、久世課長の口調には刺《とげ》がある。

「それでしたら、今回は『古典に見る恋愛』がテーマですから、もとになった作品の紹介などもあわせると広がりが出るのではないでしょうか？　たとえば近松だったら、その文楽の人形を飾ってみるとか」

「面白そうだが、デパートの方で受けてくれるかね」

「それは企画のもっていき方次第じゃないでしょうか。実は、私の夫がそちらの関係の仕事をしていたのですが、イベント企画は毎回、違った切り口で見せなければならないのだそうです。その切り口を見つけるのが一番たいへんだ、とよく言っていました。小説家の企画というのは珍しいし、意外と面白がってもらえるかもしれません」

「だったら、いいかもしれないな。書店のイベントとは違うファンが来てくれそうだし」

榊は乗り気のようだ。しかし、久世課長が釘《くぎ》を刺すように言う。

「そうですね。ただ、時間の問題がありますね。刊行が三ヶ月後の九月を予定していましたし、さすがに今からでは……」

「うちとしては、九月刊行が十月に延びてもかまいませんよ。もしそうしたイベントを仕掛けていただけるのでしたら」

横から伊達が口を挟む。

「そうですね。なにぶん、先方の都合もありますから、うまくいくかどうかはわかりませんが、営業部を通じて打診してみます」

久世課長は神妙な面持ちで答えた。榊は上機嫌だ。

「頼むよ。そう、君、雨宮さんはこういうことに詳しそうだね」

「いいえ、それほどでも……」

再び話を振られて、奈津子はどぎまぎする。

「君が言い出しっぺだし、この件は君の方で動いてくれないか」

「えっ、それは……」

奈津子は久世課長の方を見た。担当編集者の久世を差し置いて、自分が榊の仕事を引き受けるのはまずい。

「久世くんも忙しいだろうし、君の方にはコネもありそうだし。この件に関しては君が適任のようだ。なあ、久世くん」

「ええ、そうですね」

久世課長は口では賛成するものの、表情は明らかに困惑している。

「じゃあ、頼むよ、雨宮さん」

榊は繰り返し念を押す。伊達も横で満足そうに頷《うなず》いた。テーブルの上の百合は相変わらずきつい香りを漂わせていた。

「すみませんでした。面倒なことになってしまって」

榊の事務所を出てエレベーターに乗ると、奈津子は久世課長に謝った。新刊の売り出しのために、デパートと組むことは出版社ではあまり例がない。いざ進めようとすれば、通常の販促活動より費用も手間もかかるだろう。

「仕方ないだろう、先生があああおっしゃるんだ。この件は君に任せたよ」

「はあ」

「先生もすっかりその気になっているから、なんとか十月までに企画を実現させてくれよ」

突き放すように久世が言った時、エレベーターの扉が開いた。久世は奈津子の方を見ようとしないで、速いペースで歩き出した。勝手にしろ、と言わんばかりだ。奈津子はしまった、と思った。久世課長の機嫌を損ねてしまったらしい。

今日の打ち合わせで決まったことは、久世にとっては面白いはずがない。久世が想定していた宣伝展開と違ってしまっただけでなく、自分よりも奈津子に期待するようなことを作家に言われたのだ。担当編集者としてはそれも不愉快だろう。

困ったことになった。イベントの仕切りなんてやったことがないうえに、榊のような作家と付き合うのは神経を磨《す》り減らす。おまけに上司の機嫌を損ねてしまったら、手助けを受けられないかもしれない。どうすればいいのだろう。

久世の背中を追いかけながら、奈津子は困惑していた。


「ねえ、ちょっといいかしら」

「うん?」

夫の克彦は顔を上げずに生返事をする。目は手元の部品を見つめたままだ。趣味の鉄道模型の制作中なのだ。

「あの、仕事のことで相談したいのだけど」

「仕事って、何?」

ようやく克彦は顔を上げて奈津子の方を振り向いた。細い銀縁の眼鏡ごしに見える克彦の目は、少し苛立っているようだ。中断させられるのが嫌なのだろう。ここのところ、克彦は新しく手に入れた真鍮《しんちゅう》の模型の制作に掛かりきりだ。以前は義父の書斎だった部屋を改装したこの部屋は、今では克彦の趣味の部屋になっている。部屋の棚は鉄道関係の本や雑誌、それに自分で作った模型で埋め尽くされている。克彦は寝る時以外はほとんどこの部屋に籠《こも》っていると言ってもいい。

「あの、今度、作家の依頼でイベントを担当することになったんだけど、どう進めていいかわからないの」

「イベントって？」

「実は、デパートの催事場みたいなところでやりたい、と言われているの。いつもは作家のイベントは書店でやるんだけど、今回は作家から目先を変えたい、と言われて。うちの会社、デパートにはあまりコネが無くて……」

「そういう交渉は編集者じゃなくて、営業の人がやるんじゃないの？」

「もちろんそうだけど、あなたはそういうことに詳しいでしょう。アドバイスだけでももらえたら、と思って」

「そりゃ、確かに俺は詳しいけれど、俺がいたのは、もう五年も前の話だからなあ」

克彦は現在、総務部に在籍している。克彦のいた企画制作部は、かつては会社の花形部署だったが、不景気のあおりを受けて大幅に規模が縮小された。克彦だけでなく部員の大半が異動させられたのである。

「企画に残っているやつに聞いてもいいけど、自社で企画することは今ではほとんどなくって、イベント会社に任せているらしいよ」

「そうなんだ」

その折、克彦自身は企画制作部に残れると思っていたらしい。異動が決まった時にはショックを隠しきれず「実績よりも、上司に取り入った者が勝ちなんだ」と口走っていた。

それ以来、克彦は変わった。仕事よりも趣味に多くの関心を向けるようになった。

「それに、そういう話だったら、やっぱり営業部に任せた方がいいんじゃないのか。部外者の俺があれこれ言うと、ややこしくなるだけだよ」

「それはそうだと思うけど……」

本当は相談ではなく、愚痴を聞いてほしいと奈津子は思っていたのだ。やりたくもないのに面倒な仕事を引き受けたこと。それで課長に睨まれたこと。書籍の作家対応のやり方は今までと勝手が違うし、雑誌のようにみんなでひとつのものを作る達成感もない。まわりの編集者は皆手柄を競うライバルのように思えて、気疲れする日々だ。

誰かにそれを吐き出したかったのだ。しかし、克彦は、

「まあ、今度ゆっくり話は聞くよ。今日はもう遅いし、今、ちょっと難しいところなんだ」

そう言ってやんわりと話を打ち切った。奈津子に背中を向け、手元のピストン弁のようなものに注意を戻した。奈津子は諦《あきら》めて部屋を出た。克彦の言う「今度」がいつになるのかわからない。総務に異動してから克彦が家にいる時間は増えたのだが、いつもこの書斎に籠りきりで、会話する時間は確実に減っている。

中野にいた頃はよかったな。

奈津子はふとそう思った。結婚当初、克彦と奈津子は中野にマンションを借りていた。理沙が生まれたのも、そこにいる頃だ。夫婦ふたりとも時間の不規則な職場で、子育てはたいへんだった。だが、当時は克彦も家事に協力的だったし、保育園の父母会の仲間と夫婦で交流する楽しみもあった。あの頃は克彦もよく仕事の相談に乗ってくれていた。土曜の夜、理沙が寝付いたあとに、お酒を飲みながらふたりで夜遅くまでしゃべったものだ。

ここに越してきたのは間違いだったのかな。

理沙の小学校入学を機に、義母の多恵と同居することに決めた。何年も前のことな

ので、どういう経緯で同居することになったのか、忘れてしまった。中野での生活は気に入っていたのにと、今さらながら思う。

それを手離す必要があったのか、今の生活にそれだけの価値があるものなのか、自分ではわからない。

大船に来てからの克彦は独身時代に戻ったようだ。昔気質《かたぎ》の多恵は、息子が家事をやるのを嫌がる。それをいいことに、克彦は家事をいっさいやらない。休日に溜《た》まった家事を片付けるために奈津子がばたばた忙しく働いていても、知らん顔をしている。娘のことで相談しても、俺が口を挟むとややこしくなるから、と何も言ってくれない。

多恵はよくできた姑《しゅうとめ》だ。奈津子が仕事することにも理解があるし、理沙の教育についてもいろいろ考えてくれる。こちらに引越してきてからは、家事も育児も大幅に軽減された。編集部のように拘束時間の長い職場で子どもを持つ自分が仕事を続けていけるのも、多恵の力添えがあるからだ。

それなのに……。

胸の中に隙間《すきま》風が吹くようなこの思いはなんだろう。

毎日の生活に達成感がない。家族でいっしょにいることの喜びがない。ひとつ屋根の下なのに、家族の思いはばらばらだ。

それに……この家の実質的な主婦は義母だ。義母がいれば、自分はこの家で必要ないんじゃないだろうか。そんなことも、つい考えてしまう。

「なんだかやりきれないな」

誰に聞かせるともなく、奈津子は小さく呟いた。

4

「そういうわけで、九月の第二週と第三週にNデパートの催事場でしたら可能だそうです」

営業担当の関口諒の話を受けて、イベント制作会社の担当者が説明を加える。

「急な話でしたが、先方もお喜びでした。榊先生でしたらNデパートの顧客層にもぴったりだし、この企画、ぜひ進めていただきたいということです」

奈津子は関口とイベント制作会社の担当と共に、榊聡一郎に企画の説明に来ていた。榊は上機嫌で聞いている。傍らには秘書の伊達もいる。久世課長にも声を掛けたのだが、予定がある、と断られてしまった。この件に関して、課長は関わりたくないのだな、と奈津子は思った。

「いかがでしょうか。このお話、進めてもよろしゅうございますか?」

奈津子が榊にお伺いを立てる。

「そうだな、いい形にはなりそうだな。伊達もにこにこして言う。

と、榊は秘書の伊達に話を振る。伊達もにこにこして言う。

「こんなに早く進めていただけるとは思いませんでした」

それは奈津子も同じ思いだった。書店でのサイン会と違って、デパートのイベントは仕掛けに時間がかかる。先々までスケジュールが埋まっていて、半年くらい先の企画でないと実現は難しい。だから、関口から企画が通りそうだという連絡を受けた時、

「本当ですか?」

と、電話口で思わず奈津子は問い返した。候補になったNデパートは老舗だ。いきなり企画を持っていって通るところではないはずだ。関口の説明によれば、イベント制作会社の人間を通じて話を持ち込んだ時、たまたまNデパートは困った状況にあった。急なキャンセルがあって、九月に予定していた企画に穴があいたところだった。渡りに舟というわけで、話はとんとん拍子に進んだのだ。

「では、これを進めさせていただきます。会期中にサイン会も仕掛けたいと思いますが、そちらも大丈夫でしょうか」

「ああ、頼むよ」

「先方とも確認を取って、急ぎ詳細を詰めます。詳細が決まりましたら、またご報告に伺わせていただきます」

奈津子が挨拶して、打ち合わせは終わった。


事務所を出たところでイベント制作会社の人間と別れ、奈津子と関口は地下鉄の駅に向かって歩いて行った。外は日が暮れかかっていたが、強い照り返しの名残りで、足元からむっとくるような熱気が漂っている。

「正直、私も九月にイベントができるとは思っていなかったので、本当に嬉しいです」

歩きながらしゃべる奈津子の声ははずんでいた。長身の関口に合わせると、足取りが速くなるが、そのためだけではない。

「ラッキーだったんですよ。連絡したのが、ちょうどキャンセルが出た直後だったんです。かえって先方にも感謝されましたよ」

「そうだったんですか。それにしても、わざわざ関口さんがご自分で動いてくださるとは思いませんでした」

関口が営業部での担当ではあるが、課長という職責上、面倒な実作業は部下に振ってもおかしくない。

「ほかならぬ雨宮さんからの頼みですから、人に任せるわけにはいかないでしょう」

お世辞とも、冗談ともつかぬ関口の言葉に、奈津子は微笑んだ。

「ありがとうございます。関口さんには本当に感謝しています」

「ほんとにそう思いますか？」

問い質《ただ》すような関口の口ぶりに、奈津子は少し落ち着かない気持ちになる。

「えっ？　はい」

「じゃあ、ちょっと付き合ってください」

「どこに？」

「せっかく青山まで来たんだ。このままふけちゃいましょう」

「だけど、まだ仕事が……」

会社にこのまま戻れば終業時間まで一時間以上ある。残業が当たり前の編集部では、みんな仕事の真っ最中だろう。

「仕事って、急ぎのものなんですか？」

「いえ、そうではないけど」

「だったらいいじゃないですか。遊べる時には遊ばなきゃ」

「遊びって、何をするんですか？」

「別にヘンなことはしませんよ。誤解しないでください」

関口はにやりと笑って言う。

「さすがに今日の今日でコンサートっていうのは難しいけど、ライブハウスだったら大丈夫だし、クラブで踊ってもいいし、あるいはビリヤードとかダーツとか。雨宮さんは何がお好きですか？　まあ、ボウリングとか映画でもいいですけどね。あ、悪いけど麻雀《マージャン》、パチンコ、カラオケは勘弁してください」

つらつらと並べられて奈津子は困惑した。ほんとのところは、仕事帰りに遊びに行くという感覚自体、忘れていた。接待や打ち上げ以外、時間があればまっすぐ帰宅していた。母親になってからは、それが当たり前のことになっている。

「どうしたんですか？」

奈津子が黙っているので、関口が問い掛ける。

「いえ、仕事帰りに遊びに行くなんて、もう何年もしていないから」

「そうじゃないかと思った」

「だって、子どもがいますから。義母がいるから心配はないといっても、娘をほったらかして遊び歩くわけにはいかないし」

それでなくても遠距離通勤だ。せめて娘の起きているうちに帰ろうとすれば、都心で遊んでいる時間はない。

「だけど、お嬢さん、もう高校生でしょう？　母親がたまに息抜きしたからって、怒ったりしないと思いますよ」

「それはそうですけど」

「それに、今日は僕に借りがあるでしょう？　雨宮さんは付き合う義務があるんですよ」

「わかりました。じゃあ、今日は遊びましょう」

やっと奈津子が同意すると、関口は微笑んだ。

「そう、まかせてください。今日、この夜を楽しみましょう」

関口は奈津子を渋谷のビル街の谷間にある古いビリヤード場に連れて行った。何がいいかと問われて、奈津子がビリヤードを望んだのである。そこはプールバーではなく、ビリヤード台が十数台並んでいる本格的なビリヤード場だった。女性の姿はなく、サラリーマンらしからぬ風体の男性が数人、真剣な表情で球を突いている。

「時間が早いからプールバーはまだ開いていません。ここでやりましょう」

関口は常連らしく、店の壁に掛かったたくさんのキューの中からひとつを指して出してもらっている。どうやらこれはマイ・キューらしい。グリップのところに貝の象《ぞう》嵌《がん》が施されている。奈津子用には店の備え付けのキューを借りて渡す。こちらはシンプルなデザインで装飾はない。

「ここへは……よく来るんですか？」

あまりにも自分が場違いな気がして、奈津子はとまどった。

「ええ。最初は女の子の前でかっこよく決められたらいいと思って、練習に来たんですよ。凝《こ》り性なんでやり始めたらはまりました。もっとも、ここに女性を連れてきたのは雨宮さんが初めてですけど」

そう言いながら関口は台の前で構え、白い球を突いた。球は中央に並んだ九つの球にぶつかり、ころころと四散した。そのうちのひとつがポケットに落ちる。

「どうです？　簡単ですよ」

独身時代にプールバーで何度かやったきりで、キューの握り方さえ忘れている奈津子に、関口は丁寧に教えた。屈みこんで手の添え方を説明している時、ふと関口が奈津子の肩を後ろから抱くような形になった。耳元に関口の息がかかるのを感じて落ち着かなくなり、奈津子は身じろぎした。教えることに熱中していた関口は、ようやく

不自然な体勢に気づいたらしく、

「あ、失礼」

と言ってすぐに身体を離し、照れ隠しのように笑いながら言う。

「ね、これだから女性とビリヤードをやると楽しいんですよ」

何度かやっているうちに奈津子にもコツがわかってきた。だんだん狙いどおりに球を動かせるようになると、楽しくなってきた。関口自身は相当やりこんでいるのだろう、次々とポケットに球を落としていく。

「ほんとにお上手なんですね」

「そう言ってもらえるようになるため、精進しましたから」

関口が次の手球を打った。手球は狙ったとおりの軌道を描いて青いボールにあたり、ポケットに沈めた。

「そろそろ出ましょう」

関口の言葉を聞いて奈津子が時計を見ると、すでに七時を過ぎていた。

「あら、もうこんな時間！　ほんとにあっという間ですね」

「それだけ夢中になっていたんですね、よかった」

「ええ、楽しかったです。こうしていると、仕事のこととか、すっかり忘れちゃいますね」

「そうでしょう？　たまには遊ばなくちゃ。ところで、お腹《なか》がすきませんか？　食事は何がいいですか？」

「なんでもいいですよ。今日はおまかせですから」

「じゃあ、久しぶりにあそこに行ってみようかな。ここから近いし、時間もちょうどいい」

呟くように関口が言って、連れて行かれたのはブラジル料理の店だった。店の扉を開けた途端、賑《にぎ》やかなマリンバやマラカスの音に包まれて奈津子は圧倒された。店の奥のステージでブラジル人らしい、褐色《かっしょく》の肌の男性たちが五人、楽しげに演奏をしている。店員に案内され、ふたりは奥のテーブルに着いた。真っ白いテーブルクロスの上にランプが灯《とも》っている。薄暗い店内だが、テーブルクロスの清潔さとブラジル音楽の明るさが、淫靡《いんび》な雰囲気に陥《おちい》るのを救っている。料理を注文すると、関口はほとんど口も利かずに指でリズムを取りながら演奏に聴き入っていた。料理が来る頃、演奏が一段落してバンドマンがステージから降りた。しばらく休憩のようだ。ふたりのテーブルの上には、バステスとかシュラスコとか耳慣れない名前の料理が並べられている。中身はチーズのフライとか、牛肉のワイン煮とか、馴染《なじ》みのある食材だ。食べづらいことはなさそうだ、と奈津子は思う。あえてブラジルらしい料理ばかりを頼んでみたのだ、と関口は言う。

「あ、それはライスにかけて食べるといいですよ」

豆と肉の混じったシチューのようなものを指して関口が言う。フェイジョアーダという名前だ、と説明する。

「あんまり薀蓄《うんちく》たれるのは好きじゃないので、とにかく食べてみてください」

奈津子はいくつかの料理を取り皿に少しずつ取って試してみる。その様子を関口がじっと見ているので、少し照れくさい。

「料理はどうですか？　お口に合いますか？」

「ええ、おいしいわ」

日本人向けにはアレンジしていないらしく、香辛料が相当利いていたが、味付けはなかなかいい。奈津子は取り皿の上にさらに料理を追加する。

「よかった。今日は雨宮さんがあまり行かないようなお店に来ようと思ったんですよ。接待もあるし、フレンチとか和食の店だったらよく行くでしょう？　こうしたお店の方が知らないだろうと思って」

「音楽も楽しいし、いいお店ですね。こちらへはよくいらっしゃるんですか？」

「渋谷は家から近いので、三ヶ月に一度ぐらいは来てますよ」

最近はロックよりもジャズや民族音楽に興味があるのだ、と関口は言う。

「節操がないので、南米だけでなく、アフリカとか中近東とか手当たり次第聴いているんです。電子音楽にはない楽器の素朴さが面白くって。まあ、地味な趣味ですけどね」

「羨ましいわ。私はもう何年も音楽をゆっくり聴くなんて時間、ありませんもの」

「僕の場合も、時間を捻出《ねんしゅつ》するように工夫はしてるんですよ。友達と会う時でも、ライブを聴ける店でわざわざ待ち合わせしたりして」

こうして通う店がほかにも何軒かあるらしい。優雅だな、と奈津子は秘かに嘆息する。関口の生活は独身貴族と変わらない。自分の場合は店に行くどころか、ゆっくり音楽を聴くゆとりもない。

「関口さんの奥様は幸せですね。お店もよく知っていらっしゃるし、いろいろ連れて行ってあげるんでしょう？」

「さあ、ふたりで出歩くことはあまりしませんよ」

奈津子が意外、という顔をするのを見て、関口は言い訳するように付け加えた。

「でも、毎年、誕生日と結婚記念日には花を贈るし、クリスマスプレゼントも欠かしたことはないですね」

「すごいわ。うちなんて、全然やらないですよ」

「そういうのは形式だから。そういうことをちゃんとするから、いい家庭ってわけでもないですし」

その素っ気無い言い方を聞いて、夫婦仲があまりうまくいっていないのかな、と奈津子は思った。独身者のように関口が遊んでいるのは、家庭に不満があるためなのだろうか。

「ところで、雨宮さんはどんな音楽が好きなんですか?」

関口は唐突に話題を変えた。それ以上、家族の話はしたくないというのが明白だった。

「そうですね。昔はロックのライブに行ったりもしたけど、最近は聴く時間もなくて……」

奈津子もそれ以上は詮索《せんさく》しなかった。関口はさとうきびで作ったというブラジルの酒を呑みながら話している。かなり強い酒のようだが、何杯呑んでもまったく酔いが顔に出ない。食事が済んで、次のライブ演奏が終わると関口が尋ねた。

「このあとはどこに行きますか?　バーにでも移りますか」

「いえ、もうそろそろ帰らないと」

「えっ、だってまだ十時前ですよ」

「うちはここからだと二時間近くかかるんです。大船だから」

「ああ、そうでしたね。じゃあ仕方ないですね。僕はもう一軒、寄って帰ります」

関口はあっさり引き下がった。

「あら、奥さんが待っていらっしゃるんじゃないですか？」

「いえ、うちはそれぞれマイペースなんで」

奈津子から視線を外したまま関口はそう答えると、手を挙げてウエイターを呼んだ。やっぱり、円満な家庭というわけではないらしい。

割り勘で支払いを済ませると、入り口のところでふたりは別れた。

「今日はありがとう。久しぶりに夜遊びして楽しかった」

本心だった。夜遊びという行為自体が奈津子には新鮮だった。煩《わずら》わしいことを考えず、ただ目の前の娯楽に集中するのがこんなに楽しいなんて。この十数年、仕事と家庭の両立に一生懸命で、こんな楽しさがあることを忘れていた。いつも何かに追われているような気がして、遊ぶことに罪悪感すら覚えていた。

「そうでしょう？　たまには何も考えないで遊ぶことも必要ですよ。緩急《かんきゅう》つけた方が、仕事も頑張れると思いませんか」

「私、そんなにいつも考え込んでいるみたいに見えます？」

「ええ。いつも仕事とか家庭のことなんかで頭がいっぱいに見えます」

関口はきっぱり断言した。目は笑っていない。本気でそう思っているのだろう、と奈津子は思った。

「そうですか……」

この人から見れば、自分はきりきりした、さぞ嫌な女に見えるのだろう。奈津子の顔が暗くなったのを見て、

「そんなに真面目に取らないでください。冗談ですよ」

そう言って関口は奈津子の額を人差し指で軽く弾《はじ》いた。

「また時間があったら、どこか遊びに行きましょう」

「ええ。そうですね」

そう言って奈津子は微笑んで見せた。「また行こう」と言われたのがちょっと嬉しかった。

5

「雨宮さん、昨日、青山に行かれました？」

さりげない口調で隣の席の中川藍子《なかがわあいこ》が話しかけてくる。奈津子は仕事の手を止めて中川の方を見た。机の上には今日中に印刷所に戻す予定のゲラが広げられている。

「榊先生の事務所に打ち合わせに行きましたけど」

「じゃあ、やっぱりそうだったんですね」

中川は奈津子より六、七歳年下だが、見るからに気の利いた女性で、奈津子はなんとなく苦手だ。

「何のこと？」

「いえ。昨日、私も青山に行ったんです。表参道の交差点の辺りで、雨宮さんと営業の関口さんらしき人を見掛けたからどうかな、と思って」

「関口さんもいっしょでした。イベントの打ち合わせだったので」

「それだけですか？　すごくいい雰囲気でしたよ、おふたり」

「え、そんなことないでしょう。打ち合わせが終わったあと時間があったのでいっしょに食事しましたけど、それだけですよ」

異性の同僚と食事をすることくらい、この会社では珍しいことでもない。中川にあれこれ言われる筋合いはないだろう、と奈津子は思う。

「そうなんですか？」

そう言って、中川は探るように奈津子を見る。やましいところのない奈津子は、真正面から中川をみつめ返す。すると、中川の方が視線を逸らす。

「でも、あの人には気をつけた方がいいですよ。関口さん、人妻キラーって噂だから」

「人妻キラー？」

「結構、遊んでいるって話です、あの人。狙った女は必ず落とすらしいですよ。それも、後腐れがない人妻専門なんですって。あんな若くて綺麗《きれい》な奥さんがいるのに」

「関口さんの奥さんのこと、知ってるの？」

「ご存知ないですか？　長瀬《ながせ》専務の一人娘なんですよ。だから、関口さんもああ見えて社長の一族に連なるんです」

奈津子は絶句した。現社長の弟にあたる長瀬専務の一人娘の婿《むこ》であれば、同族経営のこの会社では別格の存在である。将来は重役の座が約束されている。

「あの人、要領いいですから。昔、営業部にアルバイトで来ていた専務のお嬢さんにちょっかい出したって噂です。あのとおり、ちょっといい男でしょう？　八歳下の世間知らずのお嬢さんは、ころっと引っかかったらしいですよ。出世目当てなんだと思いますけど、よくやりますよね」

動揺する奈津子の様子が面白いのか、中川は意地の悪い笑みを浮かべながら説明する。

「だけど、結婚してもあの人、全然、変わらないみたいですよ。相変わらずいろいろ遊んでいるし、女性との噂も絶えないし」

得々としゃべるその顔を見て気分が悪くなった奈津子は、中川の話を途中で遮った。

「ご忠告ありがとう。私も引っかからないようにせいぜい気をつけるわ」

そうして奈津子はゲラに目を落とした。これ以上、つまらない噂話をしたくなかった。その様子を中川はしばらくみつめていたが、奈津子が相手をする気がないことを悟ったのか、自分も仕事に戻っていった。

しかし、奈津子の頭の中は今聞いた話でいっぱいだった。関口と過ごした昨日の時間が楽しい記憶として残っているだけに、ショックを受けていた。関口が遊び人らしい、ということはわかっていた。接待の席でも、自らネタにしていたくらいだ。でも、

「人妻キラー」と呼ばれていることは知らなかった。それに「狙った女は必ず落とす」という中川の言葉が引っかかる。

私を狙っている？　彼が私にやけに親切なのは、下心があるからなのだろうか。部下に振れば済む仕事を自分でやっているのも、私に近づくため？　まさか、そんな。ゲラを読んでいても、中身がちっとも頭の中に入ってこない。同じ文章の上を何度も視線が上滑りする。

自分は「後腐れなく遊べる女」ではない。同じ会社だし、子持ちだし、性格も真面目で融通が利かないし。遊び馴れている男が、自分のような女を相手に選ぶはずがない。そもそも自分の方が七歳年上だ。いくらなんでもターゲット外だろう。昨日はたまたま時間が空いたから、目の前にいた女を誘っただけにちがいない。

そうは思っても、奈津子の気分は晴れない。

嫌だな。こういう話を聞くと、へんに意識してしまうだろうな。そんなに特別な関係ではないのに。いっしょにいると楽しい相手というだけなのに。

しばらくあの人には会いたくないなあ。

奈津子は嘆息したが、次の週には再び日本橋のデパートに関口と打ち合わせに出掛けていた。相手を好きだろうと嫌いだろうと、仕事でコンビを組んでいる以上、避けることはできないのだ、と奈津子は思い知る。

いっしょに仕事するのは仕方ないけど、あの人と仕事以外の付き合いはしない。お茶も食事もしない。これ以上、深入りしたくないし、ほかの人に余計な詮索をされたくもない。専務の娘婿が相手であれば、噂が立つだけでもマイナスだと、自分に言い聞かせた。

しかし、奈津子の決意とは裏腹に、打ち合わせは予定より一時間以上、早く終わってしまった。デパートの担当者に急な予定が入って、打ち合わせが中断されたのである。そのあと、いっしょに榊聡一郎の事務所に出掛けることになっているので、時間がぽっかり空いている。

「仕方ない、お茶でもして時間を潰しますか？」

デパートの事務所を退出し、エレベーターで一階に降りたところで関口がなにげなく奈津子に尋ねた。裏口から冷房の効いたビルを出ると、外の熱気がいっそう身体に堪える。たちまち汗が噴き出してくる。

「そうですね」

奈津子は少し緊張して答える。下を向いて足早に歩き始めていた。

「なんか、おかしいな、今日の雨宮さん。僕、なんか悪いことでもしました？」

「えっ？」

奈津子は下を向いたままだったが、関口の視線が自分に注がれているのを感じていた。

「さっきから僕の方をまともに見ようともしないじゃないですか」

「そうでしたか？　すみません。そんなつもりはなかったんですけど」

奈津子は少し頬を赤らめて関口に謝った。

「なんかあったんですか？」

「いえ、別に」

「ははあ、誰かに何か言われたんですね」

関口がカマをかける。そうとわかっていても、奈津子はうまくかわすことができない。

「違います、そんな」

「だったらどうしてそんなに緊張しているんですか？」

「そんなことありませんよ」

奈津子の歩調がますます速くなる。関口の探るような視線が追いかけてくる。

「雨宮さんは、ほんとに嘘《うそ》がつけないんだな。まあ、いいや。じゃあ、お茶に行きますか？」

「えっ、それは……」

「それとも、どこか遊びに行きます？」

「いえ、結構です」

性急すぎるほど早い返事になった。奈津子は自分で言ってから『しまった』と思った。関口は苦笑した。

「やっぱり誰かに何か言われたんですね。そうでしょう？」

答えられなくなって奈津子は黙って俯《うつむ》いた。

「まあ、だいたい予測がつくから、いいですよ。いろんなことを言われているのは知っていますから。だけど、雨宮さんまでそういう噂に踊らされるとは思わなかったな」

ちょっと寂しげな口調の関口の言葉を聞いて、奈津子はたちまち後悔した。中川の言ったことにはなんの証拠もない。ただの噂だ。それに下心があろうとなかろうと、今まで関口が自分のためにいろいろ力になってくれたのは事実だ。

「そうですね。すみません。確かめもせず、噂を信じるなんてよくないですね」

「そうですよ、わかりましたか」

少しからかうような口調で関口が諭《さと》す。その日は笑っている。

「ええ」

「すまないと思うなら、お詫《わ》びに、そうだな」

関口は周囲を見回した。ふたりは裏手から表通りに回ったところ、デパートの正面側に差し掛かっていた。関口の視線がショーウインドウの一点に止まった。

「あのマネキンの洋服を着てみてもらえませんか？　試着だけでいいですから」

「えっ？」

マネキンがピンクのシフォンに小花柄を散らしたドレスを纏《まと》っている。奈津子の年代よりも、もっと若い女性が着るような華やかな服だ。

「どうしてあれを？」

「いや、雨宮さんに似合うだろうと思って」

「まさか……」

奈津子は尻込《しりご》みした。なんでわざわざこんなものを着て見せなきゃいけないんだろう。

「ほら、早く。これは罰ゲームなんですから、雨宮さんの意見は聞きませんよ。僕の言うとおりにしてください」

罰ゲーム。いつからそんなことになったのだろう。

奈津子は抗議しようとしたが、関口は相手にしなかった。そのまま勢いに押されるように、ドレスの売り場へ連れて行かれた。

ウインドウと同じものを、と関口が言うと、店員がすぐに奥からドレスを出してくる。手に取ってみると、胸元と背中が大きく開いている。柄も思っていたより濃いピンクだ。奈津子が躊躇していると、関口が試着するようにと目で促す。笑いを堪《こら》えているようなその表情を見て、奈津子はむっときた。

面白がっている、あれは絶対。こういう服は私に似合わないと思っているのね。

少し挑戦的な気持ちになって、奈津子は試着室へと向かう。試着室の鏡には、キャリアウーマン然としたベージュのパンツスーツに身を包んだ自分が映る。

これが仕事の時の自分。でも、それだけが私じゃないわ。

着ていたパンツスーツを荒っぽく脱ぎ捨てて、ふわりとドレスを纏う。鏡に映った自分の姿を見て、奈津子の顔に笑みが浮かんだ。

ほら、似合うじゃない。

ピンクを着ることは滅多にないが、思いのほか顔映りがよく、優しい感じに見える。首や胸のラインを露《あらわ》にして女性らしいラインを強調しているが、二の腕や腰回りなどの気になる部分はシフォンの柔らかい生地で優しく包み込んでいる。膝《ひざ》までのスカート丈も奈津子の脚が一番綺麗に見える長さだ。

だけど、このままじゃ髪がへんだな。

奈津子は髪留めを外し、シニョンにしていた髪を下ろす。きつく留められていた髪が解放されて顔の周りに柔らかいウェーブを描く。化粧ポーチの中からピンクの口紅を取り出し、さっと塗り直した。チークも軽くはたく。

もう一度鏡を見る。いつもより華やいだ自分がそこにいた。鏡の中の自分ににっこり微笑みかけると、奈津子は試着室のカーテンを開けた。

「お疲れ様です。あらー、お客様、素敵ですね」

店員の甲高い賞賛の声が響く。関口は驚いたような顔で奈津子をじっとみつめた。明らかに感嘆の表情を浮かべている。それが奈津子には心地よい。

「ウエストのあたり、ぴったりしすぎていません？」

「そんなことありませんよ。よくお似合いですわ。丈もちょうどいいですし」

「どうでしょう？」

関口にそう問い掛けながら、奈津子は両手でスカートをつまんでバレリーナのお辞儀のようにちょっと膝を折る。それを見て、関口は我に返ったように微笑んだ。

「すごく似合っている。ほんとにぴったりだ。それ、買ったらどうですか?」

「そんな……」

本当は自分でも欲しい気になっている。試着する時に見た値札を思い浮かべる。バーゲンシーズンなので三割引きになっていた。決して安くはないが、買えない額でもない。

「でも、こんな服、着て行くところがないわ」

「大丈夫、ジャケットを羽織れば、会社にだって着て行けますよ。ああ、あそこにあるボレロのようなものを合わせてもいいし」

「そうかな……」

「だけど、胸元、ちょっと寂しいな」

そう言って関口は奈津子の胸元を品定めするようにじっとみつめた。その視線に奈津子はどぎまぎする。

「やっぱり、なんかあった方がいい」

そう言って関口は店内を見回し、アクセサリーの飾ってあるショーケースに目を止める。

「あ、そこのネックレスがいいな。それ見せてもらえますか?」

その中の大振りのシルバーのネックレスを指差した。奈津子が自分では絶対、買わないような大胆なデザインだ。草模様を象《かたど》ったネックレスはドレスの花柄と対になってぴたりと嵌《はま》った。

「素敵ですよ、ほんとにお似合いです」

店員が褒め称《たた》える。奈津子も口には出さないが、似合っていると自分でも思う。

「気に入ったなら、それは僕からプレゼントしますよ。さすがにドレスまでは無理だけど」

「でも……」

「そのかわり、今日はそのままの格好でいてください」

「えっ、だけど靴も、ストッキングも持っていないし……」

下着だって、と言い掛けたが、さすがに口には出せなかった。

「大丈夫ですよ、ここはデパートなんだから、なんだって揃いますよ」

関口はそう断言した。

その日、奈津子は終電で帰宅した。東京駅のトイレで着替えたので、服装は家を出た時のパンツスーツに戻っている。自宅へ戻るとすぐに二階の箪笥部屋に籠《こも》って洋服を物色した。クローゼットを開けると、中には同じようなデザインのジャケットやスーツが並んでいる。職場で着るのを目的としているから上質なものを選んでいるが、白、黒、ベージュ、紺と地味な色味のものばかりだ。

奈津子は溜息を吐いた。実用一点張りだ。形や素材違いで黒いパンツが五着もある。

「仕方ないよね、仕事着だもん」

若い頃は、もっとお洒落も楽しんでいた。大胆な柄のワンピースを着たり、背中が開いた服をこっそりジャケットの下に着たりもした。編集部はドレスコードがゆるいし、いろいろ自分で工夫するのも楽しかった。いつから服装に気を遣わなくなったのだろう。

やっぱり、理沙が生まれてからだな。

仕事と育児で悪戦苦闘していた頃は、お洒落どころではなかった。ゆっくり買い物をする時間もなかったし、コーディネートに頭を使うゆとりもなかった。毎日ばたばたした戦争みたいだった。朝起きてすぐに支度ができる服がよかったし、自転車で保育園の送り迎えをしていたので、スカートでは具合が悪かった。勢い、動きやすく型崩れが気にならないパンツスーツばかりになっていた。走っても大丈夫なように靴は踵の低いパンプスかローファー、子どもが触るので、イヤリングやネックレスもいつのまにかしなくなった。楽さに慣れてしまって、そのままのスタイルが定着している。

結局、今日はドレスのまま榊の事務所に出掛けた。関口に乗せられたようでシャクな気もしたが、ネックレスをプレゼントされたのが嬉しかったし、新しいドレスや靴を身につけて青山の街を歩きたかった。関口といっしょだから、いつもと違う自分になっていたかった。そんな奈津子を見て、榊も感心したように褒め称えた。

「今度から僕のところに打ち合わせに来る時は、必ずスカートにしてくれ」

それを真に受けたわけではないが、女性らしく着飾るのも悪くないと思う。現に打ち合わせのあと関口に連れて行かれたのは、カップルでしか入れないようなお洒落なフレンチのレストランだった。前に行った店も悪くないが、あれは同僚といっしょに行ける店だ。今日は女性として扱ってくれたのだ、と思うと気持ちが弾む。

奈津子はバッグの中から関口にもらったネックレスを取り出した。奈津子の掌《てのひら》の上できらきらと光っている。

すごく高価なものではないが、同僚に気軽に買って渡す、という値段でもない。それをあんなにさりげなく渡せるのは、人に物をプレゼントすることに慣れているんだろうな。

「こんなものいただけないわ。お返しをどうしたらいいかわからないし」

と、とまどう奈津子に
「そんなこと気にしないでください。お中元じゃないんだから。だけど、もし気になるなら、今日の食事代は、雨宮さんが支払うということでどうでしょう」

それでその日の夕食は奈津子が奢《おご》ることになった。ふたり分でもネックレス代には及ばない額だったけど、奈津子の気持ちを楽にさせるのには十分だった。同僚としての礼儀を保ったまま、好意を受け取りやすくさせる。そのあたりの気遣いはうまいなあ、と思う。

「人妻キラー」

中川がそう言ってたっけ。確かに、ちょっとやられてしまう。いえ、もう十分、中毒しているかもしれない。こんな夜中に、自分が綺麗に見える服を探しているのは、やっぱり関口諒という男を意識しているからだ。

今日のような眼でまた関口に見られたい。綺麗だと思わせたい。

そんな思いに自分は衝《つ》き動かされている。

だけど、その先は？

奈津子の身体の奥で何かがきゅんと疼《うず》く。

その先なんて無い。

奈津子は首を振って強く否定する。自分に、そんな度胸はない。家庭を裏切ってほかの男とつきあうなんて。そもそもあの人は会社のオーナー一族の一員なのだ。もし、不倫関係なんてことになったら、たちまち面倒なことになる。何か問題になった時、非を負わされるのは自分の方だ。下手をすれば職を失うことになるだろう。そんなのはご免だ。

あの人は言ってみれば、アイドルみたいなものだ。韓流スターとか、ジャニーズのタレントと同じ、擬似《ぎじ》恋愛の対象みたいなもの。現実の生活とは関係なく、ただ憧《あこが》れているだけの存在。そういう存在があれば、毎日がちょっと楽しい。小さなときめきが味わえる。

それだけ。

「それだけのことだわ」

奈津子は自分に言い聞かせるように呟いて、掌のネックレスをぎゅっと握り締めた。

奈津子は夏のボーナスをつぎ込んで新しい洋服を買った。例年、奈津子のボーナスの使い道は家族で海外旅行と決まっていたが、理沙がもう親とは行きたくないと宣言したし、義母の多恵も海外はつらい、と言い出していた。奈津子自身も急に決まった榊聡一郎のイベントの仕事で気ぜわしかったので、結局、家族旅行を行わないことになったのだ。

今まで地味な色合いばかり着ていた反動か、華やかな色使いの服に眼がいった。若い頃にも着たことのないオレンジやピンクを纏ってみる。レースのブラウスや花柄のワンピースのような女性らしいスタイルも新鮮だった。パンツは止《や》め、スカートを穿《は》くようにした。新しい美容院に行き、勧められるままに髪を明るい栗色《くりいろ》に染め、パーマをかけてみた。ネイルサロンで爪《つめ》を整え、化粧もそれまでのベージュ系から明るいピンク系のトーンに変えた。身だしなみを変えると、自分でもぐっと若返ったように見える。

奈津子の小さな変身に、周りもすぐに反応した。夫は何も言わなかったが、理沙は、ひと言「若作りして」と吐き捨てるように言った。理沙の毒舌は最近では当たり前のことなので気にしなかったが、多恵の言葉は少しショックだった。多恵は奈津子のスカート姿をしきりに褒め、

「そういう格好の方がいいわよ。女性らしいし。ズボンばっかりじゃ男みたいでみっともないと思っていたのよ」

と言ったのだ。多恵は賢い女性なので奈津子に干渉しないし、滅多に文句を言うこ

ともない。奈津子の服装に意見したことは一度もなかった。だから、奈津子のスタイルを容認してくれているとばかり思っていたのだ。同居して十年経っても、多恵にはまだ気心の知れないところがある。本音のところでは、嫁の自分をどう見ているのだろうか。背筋が寒くなる思いだった。

とはいうものの、職場でも評判は上々だった。後輩の女性が、

「最近の雨宮さんのスタイル、とても素敵ですね」

と言ってくれたし、周りの男性たちも、

「やっぱりパンツより女性はスカートですよ」

などと遠まわしに褒めてくれる。中川だけは、奈津子に向かって、

「お洒落したいようなことがあったんですね」

そうして意味ありげに笑った。不快だったが、聞こえないふりをして無視をした。

なにより関口の反応が嬉しかった。

「そっちの方が絶対いい。雨宮さんはフェミニンな方が人柄に合っていますよ。それだったら、いっしょに街を歩きたいな」

「今までは歩きたくなかったんですか?」

「いいえ、そういうことじゃなくて、仕事以外でという意味ですよ」

「じゃあ、またいっしょに遊びに行きましょう」

冗談めかして答えたものの、内心、どきどきしていた。関口と話しているのは楽しい。まるで高校時代に戻ったみたいだ。高校の頃、淡い好意を持っていた男友達との会話を思い出す。相手と話している、それだけで嬉しい。冗談とも本気ともつかぬ調子で、相手の気持ちを探ろうとする。からかわれても、それが自分に対する特別な好意のようで嬉しい。

つい昨日もこんなことがあったと、奈津子は甘く記憶を反芻《はんすう》する。

「あ、月が」

お昼を少し回った頃、ふと空を見上げた奈津子が呟くように言った。

「え？　ああ、ほんとだ」

関口が気のない調子で相づちを打つ。打ち合わせに向かう途中だったが、三十度を超える暑さにうんざりしたのか、口数が少なくなっていた。

「月って、昼間にも見えるのよ。雪みたいに白くて雲に紛れてしまうから、気をつけていないと見逃してしまうけど」

「それくらい、僕だって知ってますよ。それがどうかしたんですか」

隙《すき》あらば、何か突っ込みを入れたそうな気配だ。

「嫌だな、それ以上言うと、関口さんには馬鹿にされそうで」

「馬鹿にしませんから、言ってくださいよ。気になるじゃありませんか」

関口の口調に、奈津子はつい乗せられてしまう。

「私のジンクスなんですよ。真昼に月が見えるといいことがあるって」

「へえ、珍しいジンクスですね。あまり聞いたことがないな」

「これは、小さい頃に自分で見つけたことだから」

「ふーん、それって実際に効き目はあるんですか?」

「ええ、大学の合格発表の時にも見たし、娘が生まれた朝にも」

「あなたは時々、女の子みたいに可愛《かわい》らしいことを言いますね」

ふん、と鼻で笑うように関口は言う。奈津子はたちまち後悔する。

「ほら、やっぱり馬鹿にする」

「馬鹿になんかしてませんよ。感心しているだけ。本当にあなた、四十過ぎているんですか?」

「もう、絶対、馬鹿にしてるでしょ」

奈津子の憤慨した顔を見て、関口が大笑いする。まるで自分の中の時計が二十年以上、逆戻りをしたようだった。二十代で覚えたはずの男性との駆け引きなど、すっかり忘れている。しかし、自分の中にこんなにも女の子の部分が残っていることが、ただ嬉しかった。

奈津子が装いを変えたことで、予想外の反応を示したのは榊聡一郎だった。

「君は、急に綺麗になったな」

そう言って、妙に奈津子に関心を持つようになったのである。事務所で打ち合わせする時も、秘書の伊達が「先生、お時間、そろそろ」とやんわり止めるまであれこれ雑談で引き延ばすようになった。誰かが傍《そば》にいても、奈津子にばかり話し掛ける。それだけならまだしも、夜、携帯電話に頻繁に連絡が入るようになったことには閉口した。しかも、たいていの場合、

「飲んでいるから、今から出てこないか」

という誘いの電話だったのだ。自分の直接の担当なら律儀に飛んでいくところだが、榊はそうではない。担当編集者の久世課長を差し置いて仲良くするのは憚《はばか》られる。

「でも、久世がいっしょでないと、私だけでは……」

奈津子はやんわりと断るが、榊はまったく意に介さず、

「いいんだ。僕は君に来てほしいんだ。久世くんと会いたい時は、久世くんに連絡す

るよ」

そう言われても、立場上、奈津子は課長をないがしろにはできない。それで、急ぎの仕事を口実にしたり、すでに帰宅したと嘘を言ったりして断ることもあったが、奈津子自身も榊と仕事をしているだけに、三度に一度くらいは出ないわけにはいかない。呼ばれていくと、たいていの場合は他社の編集者も同席していたが、榊は奈津子を自分の隣に座らせたがった。そうしてさりげなく手を握られたり、酔っ払った勢いで抱きつかれたりもしたが、奈津子は愛想笑いを浮かべて座っているしかなかった。

ある晩、帰宅して夫といっしょにいる時に、榊から電話が掛かってきた。「もう大船の自宅に帰ってしまったから」と断ったが、すぐに電話を切ることなく、ねちねち二十分以上も粘られた。電話を切った後、夫に向かって、

「困ったわ。大先生だから無下にもできないし」

と訴えた。いつものように克彦は鉄道模型を作るために部屋に籠っていたが、榊への対応を相談したくて奈津子は書斎を訪れていた。まさにその時、榊から電話が掛かったのである。作家とのこうした問題は、男女の機微に関わることなので、同僚にも相談しにくい。上司との関係も絡んでいるから、なおさら複雑だ。安心して相談できるのは夫くらいだ、と奈津子は思う。だが、克彦は、

「そんなに有名な作家から直接、電話があるなんて、結構なことじゃないか。さすがに大手の出版社にいると、付き合う人種が違うな」

皮肉の交じったその言い方に、奈津子はそれ以上の言葉を呑みこんだ。以前はなかったことだが、近頃の克彦はたまにそんな言い方をする。

奈津子の顔が強張《こわば》っているのを見て、克彦はちょっと悪かったと思ったのか、

「そんなに気にすることないよ。ああいう人の周りには、女優とかモデルのような女性も集まるんだろう。奈津子への興味なんて一時的なものさ。四十過ぎのおばさんに、あんな有名人が本気で関心持つわけないじゃないか」

「それはそうだけど……」

「どうせ、あと一ヶ月もすれば、イベントも終わることだし」

呟くように言いながら、克彦は真剣にピンセットで何かの部品を繋《つな》ぎ合わせようとしている。模型作りに気持ちを集中させたいらしい。人を寄せつけないその背中を見ながら、奈津子はそっと書斎を出た。書斎の扉を閉めると、奈津子は大きな溜息を吐いた。

克彦は自分の妻がほかの男に興味を持たれていることが気にならないのだろうか。四十過ぎたら女としての価値がない、というのだろうか。

奈津子は再び溜息を吐く。

夫と最後にベッドを共にしたのはいつだろう。そういえば異動が決まって克彦が早く帰宅するようになってからは一度もない。克彦は帰宅するとすぐこの部屋に籠り、寝る直前まで出てこない。私自身も忙しいから、夫が寝室に上がってくるまで起きていられない。性的なことにお互いそれほど執着が強くはないので、なんとなくそれに慣れてしまった。

数えてみればもう五年はセックスレスだ。五年というとすごく長いようだが、気づいたらそうなっていた。何がきっかけだったのか、今となってはそれすら思い出せない。たぶんほんとにささいなことが原因だったのだろう。たまに、すごくやりたい、と思う時もないわけではないけど、忙しさに紛れてそういう欲求もすぐに消えてしまう。

決して仲が悪いわけではない。よく言われるように、いっしょに暮らすうちに兄妹みたいになってしまったのだろう。今のふたりには、そういう空気がない。お互いの目を見交わすだけで、通じ合う何か。ふたりの間の温度が上がるような、くすぐったいような、親密な何か。だから、逆に今、夫に求められたら不自然な気がするし、自分もとまどうだろう。

自分の方も、克彦に男としての関心を持たなくなっているのかもしれない。

「きっと四十過ぎの夫婦なんて、どこの家でもそんなものなんだわ」

奈津子はむしょうに煙草が吸いたくなった。人目を気にせず煙草が吸える二階の箪笥部屋に、自分も籠ろうと思った。

6

九月の第二週の月曜日から、榊聡一郎のイベントが始まった。会期は二週間。イベント会社が仕切っているので実務はやらなくてもよかったが、奈津子は毎日、会場に出掛けた。久世課長は最初の日とサイン会の日に来ただけだったが、榊聡一郎はよく顔を出した。他社の編集者の陣中見舞いや取材なども頻繁に入っていたのだ。訪れたお客に榊本人だと気づかれ、サインをねだられたりすることもあった。そういう時、奈津子は横に付き添って、ファンがあまりしつこくしないように、榊が対応に困るような振る舞いをさせないようにと気を配っていた。

イベントは順調に進んだ。予想以上に客の入りもよかったし、時期合わせの新刊もよく売れた。会場の隣に設置された売店では、一日に五十冊以上、売れる日もあった。

関連商品の売れ行きも順調だ。デパートの催事担当者にも、

「これだけのお客様に来ていただけるとは思いませんでした。さすがは榊先生ですね」

と感謝された。急遽《きゅうきょ》、決まったイベントだったが、まずは成功と言っていいだろう。自分が言い出したことに責任を感じていた奈津子は、秘かに胸をなでおろした。

そして、残り数日となったある晩、奈津子は榊と関口と三人で食事のテーブルを囲んでいた。夕方、たまたま会場で三人顔を合わせたので、関口がふたりを誘ったのである。関口も営業の責任者であるから、会場に時々、顔を出していた。デパートのある日本橋からタクシーで銀座に移動して、榊の希望した老舗のステーキハウスに行った。この席でも営業マンらしく関口は座を盛り上げた。かつて地方の営業担当をしていた頃の面白おかしい思い出話を披露して、ほかの二人を笑わせた。

「君は実に愉快な男だな」

榊も終始上機嫌だった。なごやかなまま食事が終わり、会計を済ませて店を出たところで、

「さて、次はどこに行きましょうか」

と、関口が切り出した。夜九時を過ぎて、銀座はますます人通りが賑やかだ。夜に

なって暑さが一段落したので、来た時より外を歩く人が増えたように見える。

「いや、君はもうここでいいよ。僕はちょっと雨宮さんと打ち合わせがあるから」

思いがけない榊の言葉に、関口と奈津子は目を見合わせた。関口はひどく驚いた顔をしている。

「今日は実に楽しかった。今度は打ち上げの席で会おう」

さっさと帰れ、と言わんばかりに榊が促した。関口は奈津子から榊の方に視線を移し、張り付いたような笑みを浮かべて言う。

「そうですか。それでは今日のところはこれで失礼します」

「じゃ、気をつけて」

榊は関口に背を向けると、奈津子に声を掛ける。

「ここから近いから歩いて行こう」

そして、さっさと駅とは逆方向に向かって歩き出した。奈津子はやれやれ、と思った。またいつものバーに行きたいのだろう。自分とホステスと、女性だけにちやほやされたいのだ。ほかの男は邪魔なんだろう。榊の行動パターンは予想がつくので、奈津子はそれほど驚かなかった。しかし、関口は心配そうな顔で、

「気をつけてください」

と小声で囁《ささや》いて、奈津子の目をじっと覗《のぞ》き込んだ。奈津子は神妙な顔で頷《うなず》いてみせると、榊の後を小走りで追った。


「じゃあ、飲もう。ウィスキーでいいね？」

奈津子が返事をする前に、榊の隣に座っているホステスが素早く水割りを作った。ウィスキーのボトルには奈津子の会社の名前が書かれた札が下がっている。接待でよく使う店なので、どの編集者が行っても出してもらえるように共通のボトルになっているのだ。榊のお気に入りのホステスが今日も付いている。胸元が大きく開いた黒いドレスを着ているが、着物の方が似合いそうなしっとりとした雰囲気の美人である。

「ほかの編集の方はごいっしょじゃないのですか。珍しいですね」

榊がこの店を訪れる時、たいていは五、六人の取り巻きといっしょである。同席するのは、各出版社の榊の担当編集者だ。だいたい同じメンバーなので、このところ榊に呼び出されて同席することの多い奈津子も、彼らとすっかり顔馴染みになっている。

「今日は、こちらのイベントの帰りだからね」

「そうでしたね。日本橋のイベントは金曜日まででしたっけ」

ホステスはイベントの日程を把握しているらしい。

「サイン会の時はわざわざ来ていただいてありがとうございました」

奈津子はホステスに礼を言う。サイン会当日、この店のホステス数人が、わざわざ行列に並んで榊のサインをもらっていたのだ。文壇バーと言われるだけあって、この店のホステスたちはそうした作家への心遣いを欠かさない。お得意の作家の新作が出るといち早く読んでいるし、サイン会やパーティに出席したり、作家に付き合ってスキーに行ったり、ある意味、編集者以上に作家に献身的だ。

「とんでもない。素敵なイベントでしたね。とても楽しかったです」

ホステスは奈津子に柔和な微笑みを向ける。

「じゃあ、乾杯」

「乾杯」

榊は愛想がよかった。奈津子とホステスを相手に、さまざまな話をした。新人賞選考会の裏話、授賞パーティでの新人作家の珍妙な挨拶、自著の映画の撮影現場を見学に行った時のこと。身振り手振り、まるで目に浮かぶように生き生きと語ってみせる。今日はいつものように奈津子の身体に触ることもなかった。奈津子は寛《くつろ》いだ気分でホステスといっしょに榊の話に笑い転げた。

「先生はお話がお上手だから、ほら、おかしくて涙が出てきました」

奈津子が笑いながら言うと榊も嬉しそうに、

「美人ふたりが聞き手だから、つい熱が入っちゃうな。じゃあ、もう一杯どう？」

「いえ、もう今日は……」

「そう言わずに。この酒はほかの店には滅多にないやつなんだから」

榊は新しい酒のボトルを注文して奈津子に勧める。

「スペインから直輸入しているんです。銀座でも、これを入れている店はそうないはずですわ。しかも、今日入ったばかりなんですよ」

「だからさ、味だけでもみてごらんよ」

「じゃあ、ちょっとだけ」

ホステスと榊が巧みに勧めるので、奈津子は口をつけた。

「ね、飲みやすいだろう」

「ええ、お酒のことはあまりわからないんですけど、とてもまろやかですね」

「年代物だからね。ほら、もっと飲んで」

勧められてそのグラスを飲み干した途端、酔いが回った。思ったより強い酒だったようだ。胸がかっと熱くなる。

「すみません、お水もらえますか？　ちょっと効きすぎたみたい」

「あら、勧めすぎました？　ごめんなさい」

申し訳なさそうに言うと、ホステスがすぐに新しいグラスに水を注ぐ。それを受け取ると、奈津子はひと息で飲み干した。

「あんまり無理しないようにね。そういえば、この前、箱根に行った時にね……」

榊が再び話を始める。それを聞いているうちに、今度は急激な眠気に奈津子は襲われた。前日、深夜までかかってゲラのチェックをしていた。イベント期間中は会社では落ち着いて仕事ができないので、家に持ち帰っている。榊の態度がいつになくなごやかなので、気が緩んで眠気が出てきたのだろう。

「ちょっと失礼します」

眠気をごまかすため、立ち上がって化粧室へ行った。そこで化粧が取れるのもかまわずじゃぶじゃぶと水で顔を洗う。ほてった頰に水の冷たさが心地いい。眠気が少し醒《さ》めて、頭がはっきりしてきた。バッグから化粧ポーチを出して、化粧直しをしようとしていると携帯電話が鳴った。発信人を見ると、先ほど別れた関口だ。

「もしもし」

『雨宮さん？　関口です。……大丈夫でしたか……』

自分を案じて電話してくれたとわかって、奈津子は嬉しくなった。

「ええ。どうなるかと思いましたけど、今日の先生は紳士的です」

『そう……つけて……帰ったら』

電波状況が悪いのか、関口の声が途切れ途切れに聞こえる。

「わざわざお気遣いいただいて、ありがとうございます。今、ちょっと電波状況が悪いみたいです。よく聞こえないので電話、切りますね」

そう断ると、奈津子は電話を切った。関口はもう家に着いた頃だろうか。こんな風に自分を気に掛けてくれるとは思わなかった。弾んだ気持ちで席に戻っていくと、

「今日はもうそろそろ帰るかな」

榊が腰を上げた。すでに十一時を回っている。奈津子がホステスに勘定を頼んだ。相手は作家なので支払いは当然、編集者の奈津子がすることになる。ボトルを入れたから金額が高くなるかな、と奈津子が少し不安に思っていると、

「会社の方に、請求書をお送りしますから」

ホステスが心得たように言う。奈津子はほっとする。

「じゃあ、行きましょうか」

奈津子が榊を促して店を出る。ホステスも二人、見送りのために付いてきた。彼女たちもいっしょにエレベーターに乗り込もうとすると、榊がそれを遮った。

「今日はここでいいよ」

「でも……」

いつもは榊がタクシーに乗り込むまで彼女たちは見送っている。

「下にはタクシーが来ているんだろ？　だったら大丈夫だ。今日は混んでいるから、店に戻りなさい」

榊がきっぱり言い切ったので、ホステスはそれ以上、深追いしなかった。

「では、先生、またいらしてくださいね」

そう言って、エレベーターの外でにこにこと見送った。奈津子は嫌な気がした。なぜ、わざわざホステスを追い返すようなことをするのだろう。だが、榊の表情からは何も読み取れなかった。

ビルの外には、店に呼んでもらったタクシーが待っていた。

「じゃあ、先生、お気をつけて」

奈津子がそう言って見送ろうとすると、榊が振り向いて言った。

「いっしょに、事務所に行ってくれないか？」

「えっ？」

「ちょっと見てもらいたいものがあるんだ」

いつもの強気な感じではなく、遠慮がちに言う。これが言いたくて、ホステスたちを追い返したんだな、と奈津子は思った。

「でも、今日はもう……。明日では駄目ですか？」

「見てもらいたいものは、小説の原稿なんだ」

「それは、今書いていらっしゃる原稿のことですか」

「そうだ」

「でしたら……担当の方に見ていただいた方がいいのではないですか？」

榊の新作。本当はぜひ読みたい。個人としてはそう思う。だが、自社であれ他社であれ、ほかに担当がいるのであれば、自分が先に読むのは編集者としての仁義に反する。

「これは、どこから出すか、まだ決まっていないんだ」

「そんな原稿があるんですか？」

信じられない気持ちで奈津子は問い返した。榊の原稿は引く手あまただ。原稿を渡すという口約束が何年も先まで決まっているだろう。雑誌の連載も持っているから月に何本も締め切りを抱えているはずなのに、出す予定の決まってない原稿を書いている時間が榊にあるのだろうか。

「僕も久しぶりだ、注文でない原稿を書きたくなったのは」

「そうですか。でも、よくお時間がありましたね」

「ああ。ほかの仕事を止めて執筆している。といっても、まだ書き始めて一週間も経っていないのだけど。これはできたら……君に預けたいと思っているんだ」

驚きのあまり奈津子は息を呑んだ。編集者なら誰でも言われたい言葉だ。榊のようなベストセラー作家にはなおのこと。

「でも、うちの場合は久世という担当がおりますし……」

ぜひ見せてください、と言う言葉を呑み込んで奈津子はそう返事をする。

「仕事ではなく、君に個人的に見てもらいたいんだよ。まだ出すかどうかわからないものだし、僕は君の読み方を信頼している」

「でしたら、拝見します」

作家にそこまで言われたら、そう答えるしかない。個人的に、と言われたのも、嬉しくないわけはない。奈津子は覚悟を決めてタクシーに乗り込んだ。

「青山の、骨董通りの方へやってくれ」

榊が運転手に指示をしていると、再び奈津子の携帯電話が鳴った。

「あ、失礼します」

奈津子は榊に断って電話に出た。タクシーは動き出している。

『もしもし、先ほどはすみません』

関口からの電話だった。今度ははっきりと声が聞こえる。

「こちらこそ」

『今は、どちらですか?』

「タクシーです。だから、また電波状況が悪くなるかもしれません」

『じゃあ、ご自宅へ帰るところなんですね』

安堵《あんど》したような関口の声。

「いえ、これから先生の事務所に伺うところです。原稿を見せていただけるということで」

『えっ、今からですか』

「ええ」

「誰? 久世くん?」

隣に座った榊が訝《いぶか》しげに聞いてくる。

「いえ、会社の同僚です」

奈津子は榊に手短に説明すると、

「その件は、また明日、ご報告します。どうぞ、ご心配なく」

そう言って電話を切った。榊の前でこれ以上、話を続けるわけにはいかなかった。

骨董通りの真ん中辺りでタクシーが止まった。榊の事務所のある建物の前だ。時刻は十二時を過ぎていた。管理人はすでにおらず、建物のエントランスの明かりも薄暗くなっていたが、奈津子たちが入って行くと自動的に明るくなった。榊は黙ったままエレベーターのボタンを押した。エレベーターに乗っても押し黙っている。

その沈黙が奈津子には息苦しかった。こうして榊に付いて来たものの、その真意が測れない。なぜ、自分に原稿を読ませたいのだろう。もしかしたら、以前、飲み会の席で話をした「普通の女の目線で書かれた物語」を書いたのだろうか。それだったら、私に一番に見せたいということもわからないではない。だけど、それならそうと言ってくれればいいのに。

エレベーターの扉が開いた。榊が黙ったまま歩き出す。奈津子は付いて行った。

部屋に入って明かりを点けると、榊はすぐにパソコンを立ち上げた。

「そこで待っていて。ああ、エアコン点けてくれるかな。机の上にリモコンがあるから」

「わかりました」

エアコンのスイッチを入れた。深夜になって外の気温は下がっているが、部屋の中はサウナのようにむっとしている。奈津子は着ていたジャケットを脱ぐ。パソコンが立ち上がると、榊は上着も脱がずにその前に座り、ぱちぱちと何か打ち込んでいる。奈津子は部屋の隅にあったコートハンガーに自分のジャケットを掛けると、ソファに座ってぼんやりと榊の作業を眺めていた。

十分ほどそうして待っていると、ようやく榊が、

「待たせたね。今、プリントアウトするから」

部屋の隅に置かれたプリンターから、何枚もの紙が吐き出された。

「まだ冒頭の部分だけだし、イメージスケッチみたいなものなので荒いのだけど」

榊はプリントアウトした紙を奈津子に渡した。原稿は二十枚くらいの束だった。

「コーヒーをいれるけど、いいかな？」

「いいえ、お手を煩わすわけには……」

「いいんだ、僕が飲みたいから」

そう言って榊は奥のキッチンに向かった。奈津子は原稿に目を落とした。

女を形作るのは男の視線だ。男にみつめられるのをあきらめた時に女の退廃《たいはい》は始まる。だから結婚は退廃の始まりだ。結婚した男は妻をながめたりしない。男が女をながめるのはそれが欲しい時だ。自分の手に入るものかどうか確かめたい時だ。自分のものだとわかっている女をどうして品定めする必要があるだろうか。

それに気づいた時に妻という名の女は少しずつ荒んでいく。

夏子がそう考えるようになったのは四十を超えてからだ。それまでは自分の中の女を見ないふりをしてきた。子育てや仕事。自分にはほかにも大事なものがあるのだと言い訳してきた。三十代の終わり頃から夫との性的な交わりが途絶えてもふたりには強い絆《きずな》があるのだと信じてきた。

長年かけて築いた温かな家庭。そこで育《はぐく》まれた喜びや悲しみ。思い出。なにものにもかえがたい家族の愛。


奈津子はぎくりとした。主人公の「夏子」は自分だ。榊が自分をイメージしてこれを書いたのだ。

「砂糖とミルクは使う?」

榊の声が遠くで聞こえている。しかし、奈津子の頭の中にその意味が入ってこない。

「どうぞ」

榊が両手にコーヒーカップを持って現れ、ひとつを奈津子の前に置いた。

「ありがとうございます」

反射的に返事をしたが、コーヒーに手をつけることなく、原稿に目を走らせた。


それがきれいごとだと知ったのは肉体の衰えを感じた時だ。視力が衰えて老眼だと気づく。髪の毛だけでなく下着で隠した部分にも白いものが混じる。二十八日周期だった月のものの訪れが乱れ始めた。

閉じていく兆《きざ》しだ。否応《いやおう》なく女としての季節が黄昏《たそがれ》を迎えている。誰にも顧《かえり》みられず知られないまま自分の中の女が朽ちていく。潤っていたものがどんどん乾いていく。

そのうちからからと音を立てて鳴るだろう。

そう思った時に初めて知る怒りにも似た激情。

誰か私を見て。私を求めて。

腹の底から捩《よじ》れるような渇望が突き上げる。その渇望は驚くほど強い。

誰か私を抱いて。女として扱って。女の歓《よろこ》びを感じさせて。

私はここにいるから。まだここで生きているのだから。

身体中が呻《うめ》いていた。それは思春期の性の目覚めの衝動のように激しく夏子を揺さぶる。それまでないがしろにしていた自分の肉体に復讐《ふくしゅう》されているかのようだった。着るものを変えたのはそれからだ。鎧《よろい》のようなパンツスーツを脱ぎ捨てて柔らかなドレスに身を包む。身体の線を露にしてその下にある生々しい肉体を嫌でも想像させるように。窮屈なガードルに身を包む。不愉快な感触を我慢してストッキングを穿く。一筋の乱れもないように髪を整える。アイラインを引いてルージュを塗る。ひとつひとつの面倒な工程が女らしさを演出していく。そうして顔も乳房も尻も指の先まで女を強調する。

私を見て。私を感じて。

そこまで読んで、奈津子は思わず原稿を膝の上に伏せた。読んでいられなかった。榊がこんなふうに自分を観察していたと知って、息苦しくなった。

「以前、君に約束しただろう？　普通の女を主人公にした小説を書くって。ようやく取り掛かることができたんだ」

いつのまにか隣に腰掛けた榊が、奈津子に語りかけている。その声はあくまで穏やかだ。

「どうだろうか？　女性から見てうまく書けていると思う？」

「え、ええ」

奈津子は動揺を隠し切れない。自分の気持ちを見透かされていたようで落ち着かない。

「四十代の女性読者に共感してもらえるだろうか？」

「大丈夫だと思います。多かれ少なかれ、この年代にはこうした感情があると思いますから」

ときめきだけでいいなんて嘘だ。その裏には性的な渇望がある。夫に女として顧みられない怒りがある。それも事実だ。

「あまりにも感情の描かれ方がリアルで、読むのが辛くなってしまいました」

「どうして？　これは小説なのに」

「それは……」

自分では見たくなかった。人にはもっと見られたくなかった、女としての生々しい欲望。男の目を引きつけたいための変身。それを榊が暴き出している。

「これが君のことだと思ったから？」

榊のまなざしが妖《あや》しく熱を帯びる。それがぞくっとするほど艶《つや》っぽい。

熱に浮かされたように、奈津子は正直に答えてしまう。

「そのとおりだ。僕は君を思い浮かべながら、これを書いた。ずっとずっと君のことを考えていた。どうして君が変わったのか。何を君が望んでいるのか」

「やめてください」

それ以上、聞きたくなくて、奈津子は思わず榊の口元を右手で押さえた。口に出されたら恥ずかしくてこの場にはいられない。榊は平然とした態度で奈津子の手の甲を摑《つか》む。そのままそっと下に滑らすと、奈津子の中指の先を軽く唇に咥えた。そして味わうようにゆっくりと舐《な》める。

「何をするんですか」

奈津子は驚いて手を引っ込めようとした。榊は奈津子の指から唇を離すが、手は握ったままだ。榊の目が濡《ぬ》れたように光っている。

「離してください」

「君は女だ。こうなることを望んでいたはずだ」

顔を近づけて耳元で囁くと、奈津子の耳たぶを口に含んだ。奈津子の背中に電流が走る。甘い陶酔感が湧《わ》き起こり、思わず溜息を吐いた。その瞬間、榊は奈津子を身体
「ええ……」

ごと引き寄せ、両手で優しく抱きしめた。

「駄目、やめて……」

泣きたくなって奈津子は抗議の声を上げる。しかし、それが本心ではないことを、奈津子は感じていた。


誰か私を見て。私を求めて。


小説のヒロインの言葉が蘇《よみがえ》る。そうだ。こうなることを、どこかで望んでいたのだろう。だからここに付いて来たのだ。

榊の唇が自分の唇に柔らかく重なる。痺《しび》れたようになって身体の力が抜ける。そのまま目を閉じる。熱い吐息とともに榊の生温かい舌がゆっくりと唇の間に滑り込んでくるのを感じる。

こんなふうに熱く男と口づけたのは、いつ以来だろう。長い間、私は男にみつめられることさえなかったのではないか……。

榊の右手がブラウスの合わせ目から差し入れられ、ゆっくりと乳房の方へと進んでいく。その指の柔らかな動きを素肌に感じて、奈津子はぶるっと身体を震わせた。快感ゆえに。

誰か私を抱いて。女として扱って。女の歓びを感じさせて。

身体の奥に火が点きかかっている。私の中の女が、この男に抱かれることを望んでいる。

そう思った瞬間、奈津子の携帯電話が鳴った。

関口だ。

奈津子は直感した。あの人が心配して掛けてきたに違いない。別れ際、

『気をつけてください』

そう言って私をみつめたあのまなざし。あの人だけは、女としての私を気遣ってくれた。

次の瞬間、奈津子は目をぱっと見開くと、強い力で榊の腕を振りほどいた。魔法が解けたようだった。急に後悔の念が込み上げてきた。

なんてことをしたのだろう。大事な仕事相手とこんなことになるなんて。

そんなにも自分は浅ましい女だったのだろうか。

急いでソファから立ち上がった。

「先生、お戯《たわむ》れが過ぎますわ」

榊から目を逸らしたまま、そろそろと後じさる。

「今日はお互い、呑みすぎたようです。ここで失礼させていただきます」

少し震える声でそう言い放つと、奈津子はバッグを摑んで走り去るように部屋を出た。榊の表情を見るのが怖くて、振り向くこともできなかった。携帯電話の呼び出し音はいつのまにか切れていた。

7

もつれるような足取りで奈津子はマンションのエントランスを駆け抜けた。表通りに出たところでようやく速度を落とした。腕に当たる風の冷たさを感じて、榊の部屋にジャケットを忘れたことに気がついた。今さら取りには行けない。どうしよう。そんなことをぼんやり考えながら歩いていると、

「雨宮さん」

後ろから聞き慣れた声がする。どきっとして振り向いた。関口諒だった。今まで見

たこともない険しい表情で奈津子を睨んでいる。

なぜこの人がここにいるんだろう。混乱した奈津子には理解できない。

「どういうつもりなんです、こんな夜遅くにひとりで作家の事務所に来るなんて」

関口が奈津子の胸元を見て息を呑む。その視線を追って奈津子が下を見ると、ブラウスがはだけて下着が覗いていた。羞恥《しゅうち》に顔を赤らめながら、慌てて胸元を掻《か》き合わせる。

「これはどうしたんです」

関口は強い調子で言って奈津子の肩を摑む。その手は痛いほど強い。

「榊聡一郎に何かされたんですか」

いつものような余裕のある表情ではない。強張って青ざめている。

「答えてください」

有無を言わせぬ口調に奈津子はたじろいだ。

「榊さんに……原稿を読めと言われたんです。その原稿は、私がモデルになっていて……それで……」

「それで動揺したところを、襲われたんですか?」

「襲われたわけではないです。なんだか……私、へんな気になって……気がついたら、榊さんと抱き合っていて……」

「ったく、もう、あなたはどれだけ馬鹿なんだ。それがあの男の手口でしょう。そうやって、女を落としているんだ、あいつは」

関口が吐き捨てるように言った。奈津子は慌てて弁明する。

「だけど、何もありませんでした。私、途中でいけないと気がついて、すぐに出てきたんです。だから……」

「だから、なんですか。あなたはあの男の誘惑に屈しかけたんだ。それは隙があったからじゃないですか？　それとも、ああいう地位も名誉もある男になら、抱かれてもいいと思ったんですか？」

畳み掛けるように責める関口の言葉は奈津子の胸に突き刺さった。一瞬だが、榊に抱かれてもいいと思った。当たっているだけに痛い。

「ひどい。どうしてあなたがそんなことを言うんですか。なんの権利があってそんなに私を責めるの？」

奈津子の目に涙が浮かぶ。それを見て、関口はたじろいだ。

「なぜって……それは……」

少し言いよどんだが、すぐに意を決したように言った。

「あなたが好きだからだ」

奈津子は驚きのあまり声も出せなかった。関口は奈津子の視線を避けるように顔を背けた。

「俺は嫉妬《しっと》しているんだ、あの男に」

奈津子は息をするのを忘れた。関口が自分をからかっているのだろうか、という思いが頭を掠《かす》めた。しかし、関口の切羽《せっぱ》詰まった表情がその疑いを許さない。

「ふたりだけで事務所に向かったと聞いて、どれだけ心配したことか。もう少し出てくるのが遅かったら、俺は事務所に乗り込むところだった」

一瞬、顔をゆがめ、苦しそうな顔になる。

「こんなに人を心配させるなんて」

関口は奈津子の腕を強く引っ張る。バランスを崩して倒れかかった奈津子を関口は身体ごと受け止め、そのまま力いっぱい抱きしめる。奈津子の胸の鼓動は耐え切れないほど、速く打っている。関口も同じように心臓が高鳴っていることに奈津子は気がついた。

「あなたが好きだ」

関口が繰り返した。それを聞いて奈津子はおそるおそる腕を挙げ、関口の背中に腕を回した。両手いっぱいに男の存在を感じる。男の匂《にお》いに包まれる。関口は貪《むさぼ》るように奈津子の唇を求め、そのまま深く舌を差し入れてくる。奈津子は夢中でそれを受け止めていた。息も止まるほど激しい口づけをかわしたあと、関口は奈津子を抱きしめたままじっとしていた。

「言いたくなかった。あなたには深入りしそうだから。だけど、もう……」

そう言って、大きな溜息を吐く。

「もう、どうしようもない」

それを聞いて奈津子の中に喜びが込み上げてきた。嬉しさのあまり、全身、鳥肌が立つほどだった。

「私も、あなたが好き」

囁くように言うと、関口の頭を両手で引き寄せて自分から口づけを求めた。

そうだ、自分が好きなのは榊ではない、この男だ。この男と、こうしたかったのだ。

奈津子は泣きたいような思いで繰り返す。

「あなたが好き」

その態度に刺激されたのか、関口は理性を失ったように激しく奈津子の唇や頬、首筋、耳へと口づける。しばらくそうした後、ようやく自分の身体を離して言った。

「駄目だ、この場であなたを押し倒してしまいそうだ」

「関口さん……」

「あなたを抱きたい」

それを耳にした途端、奈津子は再び全身がぞくっとするほどの快感に襲われた。

「私もあなたと……そうしたい」

もはや奈津子は自分の欲望を隠さなかった。

私はこの男に抱かれたい。ひとつになりたい。きれいごとの関係で終わりたくない。

榊の小説を読んだことで、自分を守っていた殻《から》が砕かれたのを感じていた。

「だけど……」

それでもまだ奈津子の中に躊躇するものがある。

「だけど？」

「……怖い。こんなことになるなんて……思っていなかったから」

熱に浮かされたように掠れた声になった。

「怖い？」

「ええ。何もかも、変わってしまいそうで」

それを聞いて、関口も力の抜けたような顔になった。

「今は駄目。もうちょっと待って。気持ちの整理ができるまで」

「もう五歳若かったら、無理にでもあなたをホテルに連れて行った」

関口は奈津子の手首を摑むと、少し力を込めて握り締める。奈津子は痛みのあまり顔を顰《しか》める。

「だけど、今は……あなたがいいと言うまで待とうと思う」

関口が手の力を緩めた。奈津子はほっとして笑みを浮かべる。

「私、まるで十代の女の子みたいね。初めてキスした時みたいに緊張している」

「そう、女の子ですよ、あなたは。危なっかしくて見ていられない」

ようやくいつもの口調に戻って関口は微笑んだ。


関口と別れ、帰りのタクシーの中で奈津子は呆然《ぼうぜん》としていた。

ふたりの男と立て続けにキスをした。抱きしめられ、女であることを求められた。なんという晩だったのだろう。自分の中の女は、そのどちらにも反応した。どちらと寝てもおかしくなかった。こうして何事もなく家に帰れるのが不思議なくらいだ。

だが、幸せだ。関口が言ったこと、その時の表情、抱きしめられた感触、口づけ。思い出すだけで陶然となる。誰かに恋していること、その相手に想《おも》われること。それがこんなにも幸せな気分をもたらすものだということをすっかり忘れていた。世の中が一気に薔薇《ばら》色になったような、身体中の細胞が生まれ変わったような気がする。榊とのことがなければ、もっともっと幸福だっただろう。きっと今頃あの人とホテルに行っていたにちがいない。

そう、自分を引き止めたのは、そのことだ。なぜ自分は榊の誘惑に乗りかけたのか。男だったら誰でもよかったのか。それとも心の底では榊に惹《ひ》かれていて、だけど榊の危険さを恐れているのだろうか。

いや、小説を読んだからだ。特徴のある榊聡一郎のあの文体で、自分のことが書かれていたからだ。自分でも見るのを避けていた心の奥底を、見透かされたからだ。それで、混乱した。現実と小説の境目が、一瞬、わからなくなった……。

奈津子はまだ混乱していた。こんな気持ちのままで、関口に抱かれたくはなかった。このまま関係を持ってしまうのは、榊へのあてつけのようで嫌だった。

それに、彼の奥さんのことをなんと考えればいいのだろう。

そう思った瞬間、奈津子の胸がずきん、と痛んだ。

以前、接待の席で関口の妻の話題が出たことがある。私より十五歳も若い女性。お嬢様で綺麗な女性らしい。その人より自分は魅力的なのだろうか。

それに、妻が会社の専務の娘であることは、あの人にとってはどういう意味を持つのだろう。彼にとってはむしろプレッシャーなのだろうか。それで、外で息抜きをしたくなるのだろうか。私はそのために選ばれた相手なのだろうか。

奈津子はその考えを振り払うように頭を振った。

いえ、やめよう。見たこともない彼の奥さんと自分を比べても、みじめになるだけだ。あの人は私を好きだ、と言ってくれた。私の身を案じて、あんなところまで駆けつけてくるくらいなのだ。その言葉に嘘はないだろう。奥さんにはない何かが、きっと私にあるのだろう。私が好きだと言った、その言葉だけを信じよう。

それにたとえ関係を持ったとしても、お互い離婚することはないだろう。関口の結婚は仕事と結びついているし、私には娘がいる。家庭とは別のところで恋愛がしたいのだ。だったら、彼が奥さんとの関係にどう折り合いを付けるかは、私が考えることではない。お互い大人なのだから、家庭のことは自分で考えればいいのだ。彼は、彼の奥さんのことを。私が案じるべきは、私の家族のこと。

そうして、奈津子はようやく夫に思いを馳《は》せる。しかし、浮かぶのは自分に背を向けて、鉄道模型に熱中する克彦の姿だった。奈津子の口から深い溜息が漏れる。

そう、こうして関口に想いが傾いたのも、そもそもは夫のせいなのだ。榊の小説ではないが、夫は自分を女として見ていない。私の話を聞こうともしない。だったら、ほかにそれを求めて、どこが悪いのだろうか。

結婚した男は妻をながめたりしない。男が女をながめるのはそれが欲しい時だ。自分の手に入るものかどうか確かめたい時だ。自分のものだとわかっている女をどうして品定めする必要があるだろうか。

小説のフレーズが脳裏に蘇る。
そう、夫が眺めているのは、私ではなく鉄道模型だけなのだ。
寒々しい思いで、奈津子は移り変わる窓の外の景色を眺めていた。

奈津子は大船の自宅付近でタクシーを降りた。夜遅くタクシー帰りするのを近所の人に見られたくないので、自宅のある通りから二本ほど裏手の公園の傍で降ろしてもらった。車を降りると、辺りはしんと静まり返っている。ブラウス一枚の身体に夜風が冷たい。足早に家に帰ろうとして、公園の傍に横付けされている車に目が止まった。どこかで見たことがあるような気がする。近所の誰かの車だろうか。深夜二時も近いというのに、車には誰か乗っているようだ。カップルが中でいちゃついているらしい。急いで横を通り過ぎようとして、奈津子はふと思い出した。この車は、去年まで理沙の家庭教師をしていた大学生が乗っていた車だ。

ぎょっとして奈津子は車の中に目を向ける。中では若いカップルが貪るようなキスをしている。男の手は服の上から女の胸元をまさぐっている。男の顔は車の奥にいるので影になって見えないが、女の顔ははっきりわかった。

十六歳になったばかりの、娘の理沙だった。

「理沙！」

思わず、窓ガラスに顔を寄せて娘の名を呼んだ。

理沙の目が驚いて見開かれる。男の手を止めて、窓の外に注意を向けるように促す。男が振り向いて、驚いた顔で硬直する。その男のことはよく知っていた。以前、週に二回、理沙の家庭教師をするために家を訪れ、何度かいっしょに食事もしたことのある松原稔《まつばらみのる》だった。ふたりは慌てた様子で身仕舞を正す。

車のドアを開けて、理沙が出てくる。

「ママ、どうしてこんなところへ」

「あなたこそ、こんなところで何をしているの」

「すみません、雨宮さん、僕は……」

奥の座席から何か言いかけた松原を無視して、奈津子は理沙の手を引っ張った。

「もう帰りましょう」

そう言って帰ろうとすると、松原が理沙のジャケットと鞄を車の中から差し出した。

「じゃあ、また」

そう言って、ねっとりとしたまなざしで理沙を見る。

「明日、連絡するわ」

理沙も紅潮した顔で名残り惜しげに松原を見る。奈津子はいたたまれない気持ちになって理沙の手を強く握った。

「引っ張らないでよ。ひとりで歩けるわ」

理沙は怒ったような声を出す。車の中から、松原がこちらを見守っているのがわかる。その視線を背中で意識しながら、奈津子は家までの道を歩いた。

見たくなかった。まだ十六歳、どちらかといえば奥手だと安心していたのに、知らない間に娘は女になっている。松原はいくつだったっけ。確か一浪して東大に入って、今は三年のはずだから二十二歳？　六歳も年下の、ついこの前まで中学生だった女の子に手を出すなんて。怒りと困惑に、奈津子は息もできなかった。

明かりの消えた家に着いた。多恵も夫も眠っているようだ。起こさないように、と念じながら二階の理沙の部屋に上がっていく。理沙も黙って付いてくる。

部屋に入って荷物をおろし、理沙に向き直った。理沙の方が五センチほど身長が高いので、奈津子を見下ろす形になった。

「あなた、松原さんとつきあっていたのね」

ついロ調が強くなる。

「もう見ちゃったんだから、わかるでしょう？　どういう関係か、ってことは」

「いつからなの？」

奈津子の声が震える。

「そんなこと、どうだっていいじゃない」

「よくないわよ。あんなところで……」

そう言いながら奈津子はふと自分自身のことを思った。

自分も関口と路上でキスをした。

「まだ十六歳なのに」

自分は四十二だ。恋に我を忘れるには年を取り過ぎている。

「見られちゃったなら、仕方ないわね。つきあってるわよ。もう二ヶ月くらいかな」

「どうして内緒にしていたの？　松原先生だったら、私も知ってるし、ちゃんと言ってくれたって……」

「何を言えというの？　松原先生とキスをしました。今日は肉体関係を持ちましたって、いちいち報告しなきゃいけないっていうの？」

「それは……」

「まあ、いいじゃない。そっちだって、好きなことやってるんでしょ？」

それを聞いて奈津子はぎょっとした。榊と、関口と交わした生々しい口づけ。ちょっとタイミングが違っていたら、そのどちらかと今頃、裸で抱き合っていたかもしれない。

「どういう意味よ」

「最近、様子がへんじゃない。ぼんやりして溜息なんか吐いちゃってさ。とろんとした顔でなんか考えごとしているし。いやらしいよ。浮気でもしてるんじゃないの？今日だって、上着も着ないでこんな遅くに帰ってくるなんてどういうこと？　男の家に忘れてきたんじゃないの」

ほとんど会話もしない娘がそこまで自分を観察していることに驚いて、奈津子は言葉を失った。理沙は奈津子を小馬鹿にするように肩を竦めた。

「だけど、パパだって、模型にばかり夢中だし。仕方ないよね、こんなばらばらな家だもん。私だって、他所《よそ》に愛を求めたくもなるよ」

「松原さんのことを……そんなに好きなの？」

「さあ、どうだろ」

「どういうこと？」

「初めてつきあうにはいい相手だと思うよ。優しいし、真面目だし、外見も悪くない。東大だから、聞こえもいいしね。それにあの年だと十六歳とつきあうのはステータスじゃない？　だから、私のこと大事にしてくれるし」

「そんな……打算でつきあってるってこと？」

「打算っていうのもおかしいわ。誰だってつきあう時に相手の条件は考えるでしょ？　どうせだったら、いい条件の方がいいじゃない」

「条件って、そんな……」

「愛は打算ではないとか、きれいごとは言わないでね、お願いだから。そっちだって、愛の無い結婚生活を続けているのは、打算があるからでしょう？」

「それは違う！」

奈津子は思わず大きな声を出した。恋愛のような情熱はないが、克彦や理沙に対する愛情は確かにある。それを打算と言われたくはない。

「そうかしら。まあ、親に離婚されると、私の方も就職や結婚で不利になるし、面倒なことになりそうだから、やめてほしいけどね」

「理沙……」

奈津子は娘のドライさに啞然《あぜん》とした。

本気でそう思っているのだろうか。それとも親に対する反抗で、心にも無いことを言っているのだろうか。

「もう夜遅いし、説教だったら明日にしてくれない？　そっちも明日、会社があるんでしょう？」

そう言って、理沙は部屋の真ん中で突っ立っていた奈津子を入り口まで引っ張っていき、廊下へと押し出した。

「じゃあ、今度の休日にでも、パパといっしょにちゃんと話し合いましょう」

「話？　何の話をするの？　別にいいじゃない。この年になって彼氏のひとりもいない方がおかしいし、どうつきあうかを親に云々《うんぬん》されたくないし。安心して。妊娠とか病気とか、そんなドジはしないから。ちゃんと避妊だってしているから」

「避妊すればいいってものでもないでしょう」

そう言った奈津子の前で、理沙はばたんと扉を閉めた。

これは自分への天罰なのだろうか。こんな時に、娘の異性関係を知らされるなんて。夫以外の男とキスをした。抱き合って好きだと言い、セックスしたいと告白した。それはやはり罪なことなのだろうか。

奈津子は扉の前に突っ立ったまま動けなかった。

夫とは兄妹のような関係だ。異性としてのときめきは持てない。そもそも夫は自分を女として見ていない。だからほかにそれを求めたのだ。自分の中の乾いた部分が、異性と関わることで再び潤ってくる。精神的にも肉体的にも、温かいエネルギーで満たされていくのがわかる。

だけど、やっぱりそれは駄目なのか。許されないことなのだろうか。

扉に凭《もた》れたまま、奈津子はずるずると腰を落とした。力が抜けて立っていられなかった。そのまま床に座り込み、両手で膝を抱えた。

それとも、他人の夫を奪うな、という警告なのだろうか。会うことがないからといって、いないわけではないあの人の奥さんのことを忘れるな、ということなのか。自分も関口も、家庭に戻れということなのか。

迷っている自分には、理沙に何も言う資格はない。これからどうやって娘と接していけばいいのだろう。

先ほどまでの薔薇色の気持ちはあっけなく萎《しぼ》んだ。胸が詰まって息をするのが苦しかった。途方にくれたまま、奈津子はいつまでも廊下に座り込んでいた。

8

翌朝、理沙は奈津子とろくに会話もせず、さっさと学校へ向かった。奈津子は前日のことを義母や夫に話そうかと迷ったが、結局、週末まで待つことにした。出勤前の慌《あわただ》しい時にする話とは思えなかったのだ。

その日、奈津子は直接イベント会場に向かった。会社に入る気はしなかった。関口と顔を合わせたくなかったし、仕事をする気にもなれなかった。榊は今日一日、取材で忙しいらしい。関口の方も会議が立て込んでいて動けないはずだ。ここにいれば、どちらとも顔を合わせることがない。会場を監視するふりをしながら、好きなだけ考えに耽《ふけ》ろう。そんな奈津子の思惑は、開場して早々に破られた。榊の秘書の伊達が姿を現したのである。

「おはようございます」

伊達はいつもどおりの落ち着いた様子で奈津子に微笑みかけた。ぼおっとして会場の隅のパイプ椅子《いす》に腰掛けていた奈津子は、慌てて立ち上がった。

「おはようございます。今日はどうなされたのですか？」

「こちらの方に用事があったので、顔を出そうと急に思い立ちましたの。それにしても、朝から盛況ですこと」

そう言いながら、伊達は会場を見回した。開場直後だというのに、十人近くも客が訪れている。

「ええ。熱心な方は二度、三度と足を運んでいらっしゃるみたいですよ」

「そうなんですか。ありがたいことですわね。ところで雨宮さん、少しお時間取れます？　お茶でもご一緒できませんか？」

「え、ええ。大丈夫です」

「じゃあ、少しだけ」

奈津子は会場にいたイベント会社の人間に断りを入れると、伊達の後に付いていった。

会場のすぐ下の階のティールームに席を取った。いつもは混雑している店だが、時間が早いので空いており、待つこともなく席に通された。オーダーを済ませると、伊達は持っていた手提げから紙袋を取り出して奈津子に手渡した。中身を見て、奈津子は息を呑んだ。昨夜、榊の事務所に忘れてきたジャケットだった。

「それ、お忘れになったでしょう」

「ええ。わざわざすみません」

奈津子の返事を聞いて、伊達の目が光った。

「やっぱり雨宮さんでしたのね。先生が夜中に誰かを呼び入れるとしたら、あなただろうと私、思ったんですのよ」

伊達が自分にカマを掛けたのだ、と奈津子はその時、気がついた。

「昨夜は原稿をお見せいただいただけです。いっしょに呑んでいたら、急に先生が原稿を読んでほしいとおっしゃって……」

「それで、どうしてジャケットを置き忘れることになったのですか？」

伊達の目が探るように奈津子を見る。まるで夫の浮気相手と対する妻のようだ、と奈津子は思う。

「それは……」

説明のしようがなくて、奈津子は口ごもった。そんな奈津子を見て、伊達はいつも

のようににこやかな笑みを浮かべ、

「いいんですのよ、先生とあなたの間に何かあったとしても。先生は今、あなたのおかげで創作意欲に駆られているみたいだから」

「私のおかげ？」

「ええ。ここのところ先生はスランプだったんです。今回は結構、深刻だったのですけど、あなたのおかげでなんとか乗り越えられそうです。あなたとの関係性が、次の作品の鍵《かぎ》になりそうですわね」

「それは……」

　昨夜の榊とのやりとりが思い出され、奈津子は頰が赤らんだ。あれはなんだったのだろう。榊の情熱に酔ったのだろうか、それともただの性欲だったのか。

「だから、私の立場から言えば、あなたと先生の関係がうまくいくように応援すべきなんでしょうね」

　伊達は意味ありげな顔で奈津子の顔を覗き込む。

「そんな。私は、先生のことは尊敬しておりますけど、個人的な関係を持ちたいとは、まったく思っておりません」

「そうなんですか？」

伊達の目が鋭く光る。その目つきの厳しさに奈津子の背筋が冷たくなる。

「私には夫も子どももおりますし、そんな大それたこと……」

「いいじゃありませんか、そんなこと」

「えっ？」

「まさか結婚したら恋愛感情はなくなったなんてこと、ありませんでしょう？　それに家庭を捨てろなんて言いませんわ。ただ、先生の執筆に協力していただければ」

伊達の言い分に、奈津子は唖然とした。

これでは作品のために榊と寝てくれ、と言っているに等しい。

そんなの、おかしい。狂っている。

なぜ伊達がそこまで自分に要求するのだろう。伊達の行為はまるで女衒《ぜげん》だ。

「せっかくですけど、私にはできません。小説のモデルになれるほど魅力的でもありませんし、大胆でもありません。私のことをよく知ったら、先生も小説のモデルなんて無理だとおわかりになると思います」

「いいんですよ、それで」

そう言って、伊達はバッグから煙草を取り出した。

「ごめんあそばせ」

そう言って、優雅な手つきで煙草に火を点ける。奈津子も吸いたい衝動にかられたが、我慢した。伊達はふっと煙を吐き出した。微《かす》かにメンソールが香る。

「今回の小説は、ごく平凡な女が恋愛の深みにはまっていく、そこを書きたいとおっしゃっているんです。ですから、かまわないのよ、あなたのような方で」

奈津子は腹が立ってきた。なんという傲慢《ごうまん》さ。明らかにこちらを見下した態度。いくらベストセラー作家の秘書といっても、そこまでの傲慢が許されるものなのか。

「私にはできません。ほかにきっと相応《ふさわ》しい方がいらっしゃると思います」

「でも、あなたが先生におっしゃったのでしょう？　平凡な女を主人公にした小説を読みたいって。それで自分自身のことを書いてもらえるのなら、本望でしょう？」

伊達の目にはなぜか羨むような、悔しがるような色が浮かんでいる。

「それは……」

「協力してくださっても、よろしいのじゃございません？」

その押し付けがましい言い方は、奈津子をますます不快にさせる。

「すみません、ご期待に沿えなくて」

「どうしてお断りになるのかしら。あなたは編集者でしょう？」

伊達が粘りつくようなまなざしで奈津子に迫る。息苦しくなって、奈津子は視線を外す。

「でも私は担当ではありません。ですから、イベントが終わったら、先生とお会いする機会もなかなかないと思いますし」

「そうかしら。それだったら、機会を作ればいいわよね」

そう言って伊達はふっと笑った。

「どういうことですか？」

「いえ、とにかく私の意見はお伝えしましたから」

そう言って、もう一度煙草の煙を吐き出すと、灰皿に煙草を押し付けて火を消した。その長い指先に塗られたマニキュアの毒々しい赤が、奈津子の目にいつまでも焼きついていた。

夕方、関口から誘いの電話が掛かってきた時、奈津子は断れなかった。朝、家を出る時には、しばらく関口に会わずにおこうと思ったのだが、伊達の態度に心が弱くなっていた。誰かの励ましが欲しかった。こんな話はとても夫や同僚には言えない。だけど関口だったらきっとわかってくれる。いや、関口のほかに誰がわかってくれるだろうか。

仕事が終わったあと、デパート近くの居酒屋で会うことになった。会った瞬間の関口の嬉しそうな笑顔を見て、思わず涙が出そうになった。

昨夜、別れた時の続きそのままだったら、私もきっとあんな笑顔を浮かべただろう。だが、理沙のこと、伊達のことを思うと、とてもそんな気にはなれない。

「どうしたんですか？　今日は静かですね」

居酒屋に向かい合って座ると、ビールを奈津子のグラスに注ぎながら関口が尋ねた。

「ええ、あれからいろいろあって」

奈津子はとつとつと話を始めた。帰りがけに娘の理沙に会ったこと。理沙がつきあっている男と深い関係にあるらしいこと。そのことで口論になったこと。朝、イベント会場に伊達が訪れたこと。伊達が榊と関係を持つよう暗示したこと。断ると捨て台詞《ぜりふ》を残して去って行ったこと……。

黙って奈津子の話を聞いていた関口は、聞き終わるとほっとしたように言った。

「ああ、よかった」

「よかった？」

「あなたが深刻な顔をしていたから、旦那《だんな》さんに僕とのことがばれたのかと思った」

「まあ……」

「僕には、それが一番気掛かりだから」

奈津子の表情が和らいだ。理沙と伊達に続けざまに毒のある言葉を浴びせられたので、関口の甘い言葉が耳に優しい。

「あなたこそ、大丈夫なんですか？……ご家庭のことは」

奥さん、という言葉が奈津子にはどうしても言えなかった。関口の妻という存在を、はっきり認めてしまうようで怖かった。

「僕の方はいいんです。その話は止《や》めましょう」

関口が苦い笑みを浮かべて、きっぱりと言った。その語気の強さに、奈津子は何も言えなくなった。

「それにしても、気持ち悪い女だな。その女、榊聡一郎の愛人か何かなんですか？」

「いえ、普通の秘書だと思いますけど」

愛人。もしかすると、過去にはそういう関係もあったのだろうか。私を見るあのまなざしには、確かに嫉妬が混じっていた。

「ただの秘書の立場なのに、そんなことを言うなんて信じられない」

「榊さんがいい小説を書き上げるためだったら、あの人はなんでもするんじゃないかしら」

「あなたが榊聡一郎と寝ることが、いい小説になるってことなんですか。馬鹿げている」

「私もそう思いますけど、榊さんみたいな人は、小説と私生活の境目があやふやなところがありますから。経験した感情でなければ書けない、といつも言っている方ですし」

「馬鹿馬鹿しい。それはセクハラおやじの自己弁護でしょう。昔から言われることですが、経験したことでなければ書けないというのなら、殺人を書くためには人殺しをしなければならないことになる」

「それはそうですけど」

奈津子は苦笑した。関口と話をして、ようやく朝からの緊張がほぐれてきた。

「とはいえ、この件は榊聡一郎本人は知らないことなんでしょう?」

「そうだと思います」

伊達の口ぶりから、榊には内緒で来たのだろう、と奈津子は思う。

「だったら、その秘書があなたに嫉妬して、牽制《けんせい》してきただけかもしれないな。その女、榊さんの関心があなたにあるのが気に入らないんじゃないんですか?」

「そうでしょうか」

「あなたが若くて綺麗なだけが取り柄の女だったら、そうでもないんでしょうけど。すみません、悪い意味じゃないですよ。あなたは女としても十分、魅力的だ」

奈津子は苦笑して頷く。言われるまでもなく、榊の周りには、女としての魅力が自分より勝った女がたくさんいる。わざわざ四十過ぎの自分に榊が関心を持つ理由が、奈津子にはよくわからない。

「だけど、あなたの真摯な姿勢が榊さんを動かした。あなたの言葉に触発されて、今の小説を書き始めた。そのことが気に入らないんだと思う。自分が榊さんの小説については、一番詳しい。一番影響力がある、と彼女は思いたいんじゃないでしょうか」

「そうでしょうか。私は榊さんに気に入られようとか、影響力を持とうとか、考えていないのに」

「だから、怖いんですよ。あなたには計算がない。それがわかるから、榊聡一郎もあなたを信頼した。だけど、伊達のような女性にとっては、気に入られようという下心のある人間より、無自覚に榊さんに影響を与える人間の方がはるかに脅威なんでしょう。下心のある人間はわかりやすいし、逆にその打算を利用することもできる。だけど、無欲で無自覚な相手はコントロールすることができないから」

そうかもしれない、と奈津子も思う。伊達にしてみれば自分のテリトリーが侵された気がしたのだろう。

「どっちにしろ、気をつけてくださいね。嫉妬に駆られた女は、何をしでかすかわからないから。何かあったら、すぐ僕に相談してください」

「ありがとう」

　奈津子は神妙な顔で頷いた。

「それから、娘さんについては心配することはないんじゃないかな」

　それ以上、榊聡一郎の話題に触れるのが不愉快なのか、関口は話題を変えた。

「えっ、なぜ？」

　唐突に娘の話題を振られ、とまどいながら奈津子は問い返した。

「僕には子どもがいないので親の気持ちにはなれないけど、娘さんの気持ちはなんとなくわかる。前にお会いした時の印象で言うと、真面目でしっかりしているお子さんのようですね」

「そうだと思います。中学までは真面目な優等生でした」

「だったら受験で挫折《ざせつ》したことで、自分が許せないというか、どうしたらいいのかわからなくなっちゃったんじゃないかなあ。それで、今までやってこなかったようなことをやってみようとしている。懸命にあがいているように僕には思えるんですよ」

「だけど、だからといって好きでもない男の人と関係を持つというのは……」

「好きでないかどうかは、本人でなければわかりませんよ。お母さんに本心を明かしたりはしないでしょうし」

「それはそうですけど……」

「今は馬鹿なことをいっぱいしてみたい。そういう時期なんじゃないですか」

「反抗期ってことですか？」

「うーん、そう言っちゃうと陳腐《ちんぷ》な感じだけど。まあ、誰でも一生のうちに自分自身の今までの在《あ》り方を疑う時期ってあるんじゃないですか？　それで思い詰めた挙句《あげく》、三十過ぎて会社を辞めて自分探しに海外まで行っちゃったり、六十歳目前で、夫に離婚届を突きつけてみたり」

「自我の目覚めということですか」

「あるいは変身願望かもしれない。今までの自分と違う自分になりたい、というか」

今の私だってそうかもしれない、と奈津子は思う。この人と会って、少しずつ変わっていく自分が嬉しいのだ。

「だから、十代でそういう時期が娘さんに訪れたというのは、むしろ喜ばしいんじゃないでしょうか。ちゃんと通過儀礼をこなしておけば、中年になって『自分の人生、こんなはずじゃなかった』なんて思ったりしないでしょうから」

「だけど……親としたら心配で……」

「心配って、何が？　しょせんは娘さんの人生だ」

関口の口調にはひやりとする冷たさがあった。奈津子ははっとして関口を見る。関口は淡々とグラスを傾けている。

「それは、あなたが親じゃないから言えることだわ」

「だけど、娘さんがどうあれば幸せなのか、あなたにわかりますか？　いい学校を出て、いい会社に入って、いい相手と結婚して、それで人生幸せだとは限らないでしょう？　幸せのかたちは、それぞれ自分でみつけるしかないんだ」

「そう、そうかもしれませんね。だけど、愚かだと思われても、心配してしまうのが親なんだと思います。私が働いていたために、娘と接する時間が少なかったし、だから娘のことをよくわかっていないいんじゃないかと思えて……」

「よくわかっていないと愛せませんか？　あなたは僕のことを理解したから好きになってくれたんですか？」

関口はまっすぐ奈津子の目を見て言う。その目は笑っていない。

「えっ？」

「人が他人を理解できるなんて、ある意味、傲慢な考えだと僕は思う。自分自身だって、自分のことがわからないのに、どうして他人のことが理解できるなんて思えるんだろう」

　突き放したような口調で関口は畳み掛ける。

「あなたは、娘さんが自分の理解できる行動を取っている間は愛せるけど、理解できなくなったら愛せないのですか？」

「いえ、そんなことはない。娘はいつまでたっても娘だから。娘に自分の思い通りになってほしいと思っているわけじゃないんです」

「だったら、娘さんを理解することより、信じてやることです。十六歳といったら、もう子どもじゃないんだから」

「理解するより、信じる……」

　関口の言葉は二重の意味で奈津子の心に沁《し》みた。ひとつは関口の言葉通り、娘を信じるということ。こうあってほしいというのは、結局は親のエゴだ。それが娘の在りたい姿と一致するとは限らない。娘がこう在りたいということを認め、受け入れること。娘が自分に求めているのもそういうことなのだろう。

　もうひとつは「他人を理解できるわけがない」と言い切った関口自身の気持ち。

なんて寂しい心だろう、と奈津子は思う。確かに自分だってこの人のことをそれほど知っているわけではない。だけど、理解したいと思う。

人は他人をなかなか理解できない。理解したと思っても、それは錯覚かもしれない。だけど、だからこそ理解したい。理解して、共感したい。それは悪いことなのだろうか。傲慢なことだろうか。

奈津子の目から涙がすーっと零《こぼ》れた。

「すみません、きつく言い過ぎましたね」

ちょっとたじろいだような顔をして、関口がおしぼりを差し出した。奈津子は受け取って涙を拭《ふ》きながら言った。

「いえ、ごめんなさい。娘のことなので、感傷的になっただけ。あなたの言うとおりだと思うわ。もうちょっと娘のことを信じてやらなければいけないですね」

「そう。賢いお嬢さんなんでしょう？　あなたの娘さんなんだから。大丈夫ですよ、絶対」

関口の言葉に微笑んで見せたが、奈津子の心は晴れなかった。目の前の男が遠い存在のように思えて、むしょうに寂しかった。

関口は奈津子の様子をじっと見ていたが、溜息をひとつ吐いて、

「もう出ましょう」

と言って席を立った。奈津子も逆らわずその後に続いた。店を出てエレベーターに乗る。扉が閉まると同時に関口は奈津子を両手で抱きしめた。荒い息遣いの関口からは酒の匂いがした。関口は奈津子の顎《あご》に右手を添えて顔を上向かせると、そのままむしゃぶりつくようにキスをしてきた。自分の歯と舌で奈津子の閉じた唇をこじ開け、そのまま深く舌を絡めてくる。強く舌を吸われる。関口の欲望が伝わってくるような生々しい接吻《せっぷん》だった。

「このまま……ホテルに行きませんか」

熱い息を漏らしながら耳元で関口が甘く囁く。奈津子は答えられない。身体の芯《しん》が熱くなっている。欲望と興奮で自分も息が荒くなっている。

夫は自分を女として見てくれない。五年もセックスレスなのだから、家庭に影響させなければ、ほかの男でそれを満たしてもいいのではないだろうか。そんな誘惑が頭を掠める。

だが、セックスをすることになれば、この人の目に自分の肉体を晒すことになる。まだ二十代の彼の妻に比べれば、四十二歳という年齢相応の衰えた自分の肉体を。それを見てもこの人の気持ちは変わらずにいるだろうか。一度、関係を持ってしまえば、自分に飽きてしまうのではないだろうか。

煩悶《はんもん》しているうちにエレベーターが一階に着いた。背中で扉が開いたことを感じる。

関口は諦めたように奈津子から身体を離した。

「ごめんなさい。もうちょっと時間をください」

「いいですよ。でも、あまり待たせないでくださいね」

そう言って関口はまた奈津子の唇にキスをした。今度は羽根が軽く触れたような、優しいキスだった。

9

「それは、本気ですか。僕に、何か落ち度でも……」

久世課長が悲痛な声を出す。

「いや、君が悪いわけじゃない。君はとてもよくやってくれた。感謝している。ただ、次の小説はちょっと特別なんだ」

榊は宥《なだ》めるように言う。

それは、イベントの最終日のあとに行われた打ち上げ席でのことだった。突然、榊が久世に向かって「次回作の担当を、雨宮さんに代えてほしい」と言い出したのである。榊と伊達を囲んで、久世課長、関口と奈津子、さらには戸田部長も同席している。食事が終わって、デザートが運ばれ、なごやかな雰囲気で談笑している、その最中のことだった。

「次の作品は、女性心理をこれまでとは違ったアプローチで書いてみたいと榊は申しております。新しい形の恋愛小説、榊聡一郎の新境地ともなるべき作品です。それで次回の作品については女性編集者の手助けが欲しいのです。久世さんに不満があるわけではございませんが、ぜひ雨宮さんと組ませていただきたいのです」

秘書の伊達が落ち着き払って説明する。通常、作家の方から担当編集者を指名することはない。誰を担当につけるかは編集部の裁量で決まる。しかし榊ほどの売れっ子になると、多少の横紙破りは許される。編集者の逆指名くらいはできる立場にある。

「しかし、そんな急な話……」

久世課長は呆然としている。それも無理はない。榊に依頼を受けてもらうために何度も足を運び、三年がかりで説得したのは久世だ。売れない企画もので繋いで、次は小説を書く気にさせた、その矢先に担当替えされたのでは、腸《はらわた》が煮える思いだろう。久世の気持ちを考えると、奈津子は身の縮む思いだ。

「私は書籍編集のキャリアが浅いですし、逆に先生の足を引っ張ることにもなりかねません。やはり久世が一番適任だと思いますし、どうしても女性編集者というのであれば、もっとキャリアのある者の方がいいのではないでしょうか」

「僕もそう思います。雨宮は経験からすると、先生のような作家の担当にするには時期尚早かと……」

奈津子の言葉を受けて久世も言葉を重ねる。担当というより課長としての反対だ。

「いや、雨宮さんでなければ駄目なんだ、どうしても。次回作の主人公は、雨宮さんをイメージして書くものだから」

榊がきっぱりと言ってのける。久世課長と戸田部長が驚いたように奈津子をみつめる。奈津子は目を閉じる。できればここでそういう話はしてほしくなかった。

だが、伊達は淡々と話を続ける。

「そういうわけなので、ご了承いただけますでしょうか。そのかわり、と申してはなんですが、今回の原稿は、すでに取り掛かっておりますので、三ヶ月後にはそちらにお渡しできると思います」

「三ヶ月後ですか。そんなに早く……」

久世課長がごくりとツバを呑み込む。榊はつきあいのあるほかの出版社との約束があるので、次に奈津子たちの会社の番が回ってくるまでに、本来なら三年は待たなければならないだろう。それが、三ヶ月後に原稿がもらえるという。しかも、次回作は榊の一番の売れ筋である恋愛小説なのだ。売上的にも相当なものになるだろう。

「本来なら今の時期はK社の書き下ろしの予定でした。ですが先生が今、これを書かなければ駄目だとおっしゃるので、御社の順番を早めることにしたのです」

「そうですか。そういうことでしたら、こちらとしてはぜひ。久世くん、君の気持ちもわかるが、ここはやっぱり雨宮くんに頑張ってもらうしかないんじゃないか」

それまで黙って話を聞いていた戸田部長が、話に割って入る。

「私からもぜひ、お願いします」

伊達も久世の方を見て言う。

「わかりました。そういうことでしたら、喜んで」

久世がようやく心を決めたように言う。それを聞いて奈津子の方が慌てる。

「本当に私でよろしいのでしょうか」

先日のことがなければ、喜んで担当を受けただろう。しかし今となっては榊がどのように接してくるか、それに自分自身がうまく対処できるかと、不安になる。

「編集者としたら名誉な話じゃないか。榊先生に担当になってほしいと言っていただけるなんて。ここは君も頑張って、編集者としてステップアップしてくれ」

戸田部長は弾んだ声で言う。奈津子も仕方なく同意する。

「そうですね」

「私としても、今回は久しぶりに気合が入っているんだ。ぜひ、頼むよ。雨宮さん」

榊が大作家の貫禄を漂わせて言う。伊達もそれに続く。

「よろしくお願いしますね」

それで決着がついた。奈津子が榊の担当になることが正式に決まった。奈津子は小さく溜息を吐いた。関口はその間、身じろぎひとつせず、ことの成り行きをみつめていた。


青山方面に帰宅する榊と伊達がタクシーに乗り込む。同じ車の助手席に久世課長が乗り込む。恵比寿に住む久世がふたりを送っていくのである。

「じゃあ、お疲れ様でした」

戸田部長、関口、奈津子の三人は歩道に立ってそれを見送る。発車寸前、榊がわざわざタクシーの窓を開け、

「じゃあ、雨宮さん、これからよろしく」

と言って奈津子の方に手を差し出す。握手を要求していると察して、仕方なく奈津子は両手で軽く榊の手を包んだ。

「こちらこそ、よろしくお願いします」

榊のタクシーが去っていくと、戸田部長が感心したように言った。

「君はずいぶん榊さんに気に入られたんだなあ」

「そうでしょうか。先生、何か勘違いされたんだと思います」

「前に接待で君が言ったことが、先生の印象に残ったのかな。君をイメージして書くというのは、普通の女性の視線で描くということなんじゃないか？」

「さあ。私にはまだどういうことなのかは……」

「とにかく楽しみだね。ほんとに三ヶ月で上がるかどうかはわからないが、近いうちに榊さんの小説を出せるなんて本当に素晴しい。君には期待しているよ」

通りかかったタクシーを止め、戸田部長がそれに乗り込むと、歩道には関口と奈津子だけが取り残された。

「まだ、時間、大丈夫ですか？」

終電の早い奈津子を関口が気遣う。

「ええ、一時間くらいでしたら」

「じゃあ、それまで呑んでいきますか？」

奈津子は黙って頷いた。すぐ傍に看板の出ていた居酒屋に入ることにした。大通りに面した狭いビルの五階にその店はある。閉店近い時間で、店は空《す》いていた。ふたりは奥のテーブル席へ案内される。

「そのうち榊さんに担当になってくれと言われるかもしれない、と懸念はしていたんです。だけど、こんなに早く、それも部長の前でいきなり宣言するなんて」

日本酒と乾き物を注文すると、奈津子は溜息交じりに愚痴をこぼす。

「久世さんがなんと思ったかしら。こんな形で担当を引き受けても、すごくやりにくい」

「部長に、はっきり言った方がいいんじゃないですか。榊聡一郎にセクハラされているから、やりたくありませんって」

関口はそう言いながら奈津子の杯《さかずき》に日本酒を注《つ》ぎ、自分にも手酌《てじゃく》で注ぐ。

「何かあってからでは、取り返しがつかないじゃないですか」

「何かあるだなんて、そんな」

奈津子は苦笑する。榊みたいな社会的地位のある男が、嫌がる女性を無理遣りということは考えられない。自分さえしっかりしていれば、なんとかなるだろうと思う。

「そうでしょうか」

関口が奈津子の目を覗《のぞ》き込んだ。その視線の強さに、奈津子は思わず視線を逸《そ》らす。そうして下を向いたまま、呟《つぶや》くように言う。

「本当のことを言うと、担当になれたのが嬉《うれ》しくないわけじゃないんです。榊さんほどの作家に指名されたら、編集者としては光栄ですから」

「まあ、そうかもしれませんね。あんな男でも、売れっ子ですから」

面白くなさそうに、関口は杯の酒を呑み干す。

「だけど僕は嫌だ。ふたりきりでいたら、この前みたいなことがまた起こるかもしれない」

「いえ、あの時は不意打ちでしたから。それに、担当になったからには、逆にそういう関係になってはいけないと思います」

「本当に？」

「ええ。相手を好きだとか嫌いだとか、そんなことに拘《こだわ》っていたら、まともな仕事はできません。編集者は結局、損得勘定抜きには作家と関わることができませんから。どんなに作家といい関係になったとしても、それは純粋な好意ではないんです」

そう、作家と編集者は作家が売れている間だけの付き合いだ。利害関係のある付き合いだ。あからさまなその現実の前には、ロマンチックな要素の入る隙《すき》はない、と奈津子は思う。仕事に誠実であればあるほど、その現実が圧《の》し掛かってくるのだ。

「とはいえ人間同士のことですから、仕事の範疇《はんちゅう》を超えて、相手に惹かれることだってあるんじゃないですか？　現に榊さんはそうなんでしょう？」

関口が焦《じ》れたように言う。関口が榊に嫉妬《しっと》している。それに気がついて、奈津子はくすぐったいような気持ちになった。

「そうかもしれません。だけど、それ以上に、小説を書くうえで私を傍に置いた方がメリットがある、と榊さんは判断されたのでしょう。やっぱり作家としての計算が働いていている。純粋な好意だけじゃないんです。作家というのは、ことに榊さんのように小説を書くことに人生を賭《か》けているような方は、自分の恋愛でさえも、小説を書くための道具にする」

作家とはそういうものだ。その狂気にも似た情熱があるから、作品が輝くのだろう。編集者は傍《かたわ》らでそれを支える。だが、作家の狂気に巻き込まれていては仕事にならない。

「それに、どう言ったらいいのかしら。作家と編集者というのは、関係性が決まっているんです。編集者が作家を支える。その逆ではないんです」

「それが？」

関口は苦いものを飲み下すかのように、ぐいぐい杯を重ねている。

「だから編集者が尽くす一方なんです。仕事の役割としてはそれでいいんですけど、男と女の関係としては不自然でしょう？　女性の場合、プライベートではむしろ男の人に支えられたいと思うんじゃないかしら。支えることだけを一方的に求められる相手は辛《つら》い。正直、女性編集者が作家に男として惚《ほ》れるってことは、あまりないと思います」

そう、自分は支えてもらいたいのだ。この人にそうされているように。本音のところでは、甘えられるより男に甘えたいのだ。

「僕には……よく、わからない」

関口が戸惑った顔をしている。編集者と作家の関係の微妙なところは、編集経験の無い関口にはわからないかもしれないな、と奈津子は思う。

「あなたがなんと言っても、僕はあなたを担当に指名できる榊聡一郎に嫉妬していますよ。あなたを束縛し、あなたの関心をそんなにも引き付けることができるのだから」

関口がせつなそうに眉《まゆ》を顰《ひそ》める。奈津子はどきどきした。この男にこんな顔をさせているのは、ほかならぬ自分なのだ。

「そんな……。それが仕事ですから」

「仕事？　そう言ってあなたは自分をガードしているんじゃないですか。本当は男としてあの人に惹かれているのに、仕事上の好意にすぎないと自分で言い訳しているんじゃないですか？」

「だって、あなたがいるのに」

「本当ですか。僕はただ榊聡一郎に気持ちが傾かないための防波堤にすぎないんじゃないんですか？」

「まさか……」

奈津子はちょっと笑いたくなった。まるで「仕事と私とどっちが大事なの？」と迫られているみたいだ。

「どう言えばわかってもらえるのかしら。榊さんと、あなたへの思いは全然、違う。あなたは……」

言いかけた奈津子を制して、関口が詰問する。

「あなたにとって僕は何なんですか？　ただの同僚？　友達？　都合のいい相談相手？」

「いいえ」

そんなことはない。キスをして、寝たいと告白した相手なのに。

「だって、そうじゃないですか。あなたは、僕にそれ以上、踏み込もうとはしない」

「でも、まだ始まったばっかりだし……」

「時間なんて関係ない。そうやってあなたは僕を焦らして、楽しんでいるみたいだ」

奈津子ははっとした。

この人には自分がそう見えるのか。娘のことや彼の若い妻のことが引っ掛かって、もう一歩が踏み出せない。それは残酷なことだったのか。

奈津子が困惑していると、突然、テーブルの反対側から関口が身を乗り出してきた。何をするの、と問う間もなく、関口の唇が近づいて奈津子の唇を覆った。周りの視線が自分たちに集まるのを感じながら、奈津子は痺《しび》れたように動けなかった。

「出よう」

奈津子から顔を離すと、関口が囁《ささや》く。奈津子の返事も聞かず、伝票を手に取ると、さっさとレジへと向かった。周りの客がちらちらと横目でこちらを見ている。顔を赤らめながら、奈津子もそれに続いた。

エレベーターの扉が閉まると、関口は奈津子を抱きしめて耳元で囁《ささや》いた。

「俺はもう待てない。このままホテルに行こう」

奈津子は一瞬の躊躇《ちゅうちょ》の後、

「ええ」

と答えた。関口はほっとしたような顔をすると、奈津子の身体を再び強く抱きしめた。その腕の力の強さを感じながら奈津子は思った。

これでいい。もう、はっきりさせよう。私はこの男が欲しい。すかした言動で私を振り回し、ためらいもなく心に踏み込んでくる年下の男。それがたまらなく愛《いと》しい。その気持ちに正直になろう。

「銀座は嫌だな。渋谷に行ってもいい？」

エレベーターを出ると、関口が少し緊張した声で尋ねた。

「それでかまわないわ」

そう答えた瞬間、これからのことが急に生々しく感じられた。渋谷のホテルで、これからこの男に抱かれるのだ。

「表通りで、タクシーを拾おう」

そう言うと、関口が奈津子の腰に手を回して歩き出す。その手の温もりを感じて、奈津子の脈拍が速くなった。この手が、もうすぐ私の服を剝《は》ぎ取るのだ。そうして裸の私を愛撫《あいぶ》する。その手の、指の動きに、私の身体は反応し、欲情して声をあげるだろう。

頰《ほお》に血が上り、足がもつれたようになって歩みが遅くなる。関口が腰に回した腕に力を入れて、奈津子を先へと促す。その時、奈津子はバッグの中の携帯電話が鳴っているのに気がついた。マナーモードにしてあったので、音を立てないで振動している。

「あ、ちょっと待って」

そう言って立ち止まると、バッグから電話を取り出す。発信人を見ると、家からだ。こんな時に、と溜息《ためいき》が漏れる。しかも、着信歴には七件と記載がある。おそらく義母が何度も電話を入れたのだろう。義母は留守番電話に伝言を吹き込むのを嫌う。奈津子が応答しないと、何度でも電話を繰り返す。

「すみません、家からなので、電話に出ないと」

関口は不満げな顔をしたが、黙って奈津子の腰から腕を離した。

『ようやくつかまった。奈津子さん、今まで何していたの？』

義母の声だ。珍しく奈津子を非難するような調子だ。

「あ、あの、銀座で作家の方の接待で……」

もごもごと言い訳をする奈津子の話を遮るように、苛立《いらだ》った口調で多恵が尋ねる。

『あとどれくらいで帰れるのかしら』

「さあ、まだ接待の途中なので。二、三時間はかかるかもしれません」

『すぐに帰ってきて』

「でも、ちょっと今は……」

『あなた、娘のことより大事な仕事なんてあるの？』

多恵が珍しく声を荒げた。

「えっ？　理沙に何か？」

思わず奈津子の声が大きくなる。

『そうよ。理沙が困ったことをしでかしたの。あなたも母親だったら、すぐに帰ってきて』

電話を切ると、奈津子は関口の方を見た。関口は憮然《ぶぜん》とした顔をしている。

「ごめんなさい。今日はもう帰らないと」

関口は黙っている。奈津子はその頬に手で軽く触れながら言った。

「私も……このまま行きたかった」

関口の頬が微かに歪《ゆが》んだ。

「ほかのことならともかく、娘のことだから。お願い、あと一日だけ待って。明日は必ずつきあいますから」

関口は顔を顰《しか》めたまましばらく黙っていた。しかし、諦《あきら》めたように溜息を吐《つ》いた。

「俺は、つくづくあなたには甘いんだな。こんな時、あなたを家に帰そうと思うだなんて」

「関口さん……」

「明日、仕事が終わったら、俺に電話をして。待ってるから」

掠《かす》れたような声がたまらなくセクシーだ、と奈津子は思う。

「ええ。必ず」

奈津子がそう言うと、関口は仕方ない、というような顔で微笑んだ。

10

家に着いたのは十二時をかなり回った頃だった。

「遅かったのね」

出迎えた多恵が少し嫌味な口調で言う。いつも穏やかな多恵にしては珍しい。

「ごめんなさい。今日はイベントの打ち上げがあったので、いろいろばたばたして」

駅から小走りで帰ってきた奈津子は、息を切らせている。そのまますぐにリビングに入っていくと、理沙と克彦がソファに向き合って座っていた。克彦は険しい顔をして腕組みをしている。奈津子が入っていっても目を向けようとしない。理沙の方は奈津子を見てにやっと笑い、肩を竦《すく》めて見せた。

奈津子はホームドラマでも見ているような気持ちになった。先ほどまでの切実な仕事の問題や、関口との親密なやりとりとはなんという落差なのだろう。

「それで、何があったんですか？」

克彦の隣に腰掛けて、多恵に尋ねる。電話では詳しい話は聞いていない。

「今日の夕方、学校から電話があったの。担任の森田《もりた》先生から」

「それで」

「理沙が、最近、様子がおかしいので、心配して連絡をくれたそうよ」

「というと？」

「今月に入って、学校を何度も休んでいるし、授業中もぼんやりしている。何かあったんじゃないか、ですって」

「えっ」

このところ理沙は元気だ。毎日、学校にも行っていたはずだ。

「じゃあ、まさか」

「つまり、学校へ行くと言って出掛けて、そのままさぼっていたということだ」

「それだけじゃないの。学校では理沙が年上の男の人とつきあっているって噂《うわさ》も立っているらしいわ。理沙が学校を休んだ日、ラブホテルから出てくるのを見た人がいるって」

「まあ……」

「先生は噂だけのことで処分をするつもりはないけれど、家庭の方でも娘さんのことをしっかり監視してくれ、と言われたわ。ほんとに恥ずかしかった。そんなことを、学校の先生に言われるなんて」

「俺もその話を聞かされてびっくりした。しかも、肝心の理沙が家にいない。三十分前にやっと戻ってきたと思ったら、ずっとだんまりだ」

克彦が苦々しい口調で説明する。理沙は関係ない、という顔をしている。

「理沙、なんとか言いなさい」

克彦が珍しく尖《とが》った声を出す。

「私が何を言っても同じでしょ。どうせ私が悪いってことになるんだから」

理沙がふてくされた口調で答える。多恵が理沙に問い掛ける。

「それでは、先生のおっしゃることが事実だと認めるの？」

「どうでもいいでしょ」

「無断欠席はともかく、ラブホテルに行っていたというのは嘘《うそ》でしょう？　あなたはまだ十六だもの、そんなことしないわよね」

多恵の口調はまるで哀願しているようだ。まだ十六歳の孫娘が男と肉体関係を持った、その事実が何より多恵には受け入れがたいに違いない。

「本当よ。まさかクラスメイトに見られて、告げ口されるとは思わなかったけど」

「理沙！」

「おまえ、なんてことを……。相手は誰だ。いつからそんなことを……」

克彦も珍しく動揺している。わざわざことを荒立てることないのに、と奈津子は嘆息する。そんな三人の反応を面白がるように、理沙が意地の悪い笑顔を浮かべて言った。

「さあ？　ママに聞いてみれば？」

そのひと言で、克彦と多恵の注目が奈津子の方に移った。

「ママは知っていたのか？」

家族の前では、克彦は奈津子を「ママ」と呼ぶ。

「奈津子さん、どういうことなの？　ねえ、話してちょうだい。相手は誰なの？」

奈津子は困ったな、と思った。理沙は自分を共犯に仕立て、父と祖母の攻撃を少しでも逸らそうとしている。さらに、自分がどういう対応をするか、試してもいるのだろう。

「なぜ黙っているんだ」

「それは……十六にもなった娘の男女交際について、親が口出しすべきではないと思ったから」

問い詰められて、奈津子の口からぽろっと本音が零《こぼ》れた。えっ、という顔で理沙が奈津子を見る。

「どういう意味だ？」

「文字どおりの意味よ。最初は私も動転したけど、考えてみれば理沙も十六。いいことと悪いことの区別はつくと思ったの」

言ってしまった以上、仕方ない。奈津子は開き直って答えることにした。

「なんてこと……」

克彦と多恵は呆気《あっけ》に取られている。

「あなた、それでも親なの？　娘が男と関係を持ったのを知って、見て見ぬふりをするなんて」

「理沙に善悪の区別がつくようだったら、そもそもこんな騒ぎを起こすわけないだろう」

　ふたりの怒りの矛先が奈津子に向いた。理沙当人はそれを面白そうに眺めている。

その様子に気づいた多恵が、

「理沙、あなたは自分の部屋に行きなさい」

　と、命じた。理沙はやれやれ、といった様子でソファから立ち上がる。理沙が階段を上っていったのを確認すると、多恵が奈津子の方を向いて言った。

「それで、理沙の相手は誰なの？」

「松原さん。中学の頃、家庭教師に来ていただいていた……」

「あいつか」

　克彦は呻《うめ》くような声で言う。

「あの人、理沙より五歳は上でしょう。高校生の子ども相手になんてことを」

　多恵も悲痛な声を出す。

「それを知ったのは、いつの話なんだ？」

「つい、一週間ほど前のことよ。夜、家の近くでタクシーを降りたら、傍に松原さんの車が止まっていて、その中で……」

「その中で？」

「理沙と松原さんが抱き合っていたの」

多恵が息を呑んだ。克彦は唇をぐっと嚙《か》み締めている。

「どうしてすぐにそれを私たちに話してくれなかったの？　理沙の教育については、私だっていろいろ協力してきたのに」

「ごめんなさい。私もこれをどうやってお話ししたらいいのか、悩んでいたんです。こういう話は時間のある時じゃないとできないし」

ひどくショックを受けたのか、ふたりは黙ったままだ。そう、こうなることが予測できたから、話ができなかったのだ、と奈津子は思う。

「それに、こういうことで怒ったり、責めたりしても、それで理沙の態度が変わるとは思えない。これは理沙自身が自分で悟らなければどうしようもない、そう思ったの」

こちらが何か言えば言うだけ、今の理沙は頑《かたく》なになるだけだろう。それよりも、関口の言うように信じて見守るしかない、と奈津子は思っている。だが、それを聞いた多恵は怒ったような口調で反論した。

「奈津子さん、あなた本当に母親の自覚があるのかしら。娘が誤った道に逸《そ》れていたら、それを正しい方向へ導いてやるのが親の役目でしょう？」

「でも、十六歳になった娘が異性に興味を持つことは止められない。もちろん学校をさぼったり、嘘をつくのはいけないことだけど、男の人を好きになるな、とは言えないと思いますし」

「好きだったら、高校生でも肉体関係を持ってもいいってことなのか？」

克彦がさらに追及する。

「それも……仕方ないかもしれない」

奈津子の言葉を聞いて、多恵と克彦が顔を見合わせた。しばしの沈黙の後、多恵が切り出した。

「やっぱり奈津子さん、おかしいわ」

「おかしい？」

「先ほど、あなた方を待っている間に克彦にも話したのだけど、最近の奈津子さん、なんだかちょっと態度がおかしいと思うんだけど」

「えっ……」

奈津子はぎくっとする。

「洋服や髪型が急に派手になったし、帰宅時間も遅くなったし」

「最近、何かあったんじゃないのか？」

「それは……職場が替わったから、接待も多いし、なかなか帰れないのよ。それに気を遣う相手も多いから、身綺麗《みぎれい》にしておかないと格好つかないし」

奈津子はしどろもどろに言い訳する。

「それに、言うことも前と変わったんじゃない？　昔の奈津子さんだったら『好きなら肉体関係を持ってもいい』なんて、絶対、言わなかったと思うわ」

「それは自分の願望を言ってるんじゃないよな」

「そんな、まさか」

口では否定したものの、緊張のあまり脇《わき》の下に冷や汗をかいている。

「あなた、そんなことを疑っているの？」

奈津子は動揺を隠すために、強い口調で克彦を責める。

「君らしくない、と思うからさ。その言葉、誰かに影響されたんじゃないのか？」

奈津子は一瞬、言葉に詰まる。その様子を見ながら、克彦が諭すように言う。

「男女が関係を持つ、持たないは本人だけの問題じゃない。万一、妊娠ということになったら、十六歳では自分で責任も取れないだろう。まだ親の庇護《ひご》下にあるのだから、親の方針に従うべきだ。そうは思わないか？」

「妊娠だなんて、そんな」

「妊娠しなくとも、十六歳で快楽のためだけにセックスするというのはまだ早い。肉体も未熟だし、精神的にも未熟なこの時期に、強い快楽を知ってしまう不幸というものもある。それを知らないからこそ得られる喜びとか辛さを、若いうちは味わった方がいい」

　理性的な克彦らしい意見だ。立派すぎる意見だ。

「それは、あなたの言う通りだと思うけど」

　同意はしても、なんとなく面白くない。セックスレスの自分たちの関係を思えば、克彦の意見は薄ら寒い。それでつい、皮肉めいた口調になる。

「だけど、若いからこそ、そんなふうに自分をコントロールするのは難しいんじゃないかしら。セックスはもっと本能とか衝動とかに結びついているものだし、そこに忠実にならないと楽しめないものだから。そりゃ、いつもあなたのように冷静でいられたら、悩むこともないんでしょうけど」

　奈津子の言葉に含まれた皮肉に気づいたのか、克彦の頰がぴくりと動いた。一方で、セックスについてのあからさまな会話になったので、多恵がいたたまれない顔をしている。

「だから、おまえも快楽のためのセックスをしたい、と言うのか？」

「そんなこと、誰も言ってないじゃない」

「最近のおまえの態度を見ていると、そんなことでも考えているんじゃないか、と不安になるよ」

冗談めかしているが、それは口先だけだ。克彦は探るような目で奈津子を見ている。

「そんな……」

「若い人間以上に、既婚者のセックスは責任が伴う。配偶者以外の人間と関係を持つというなら、それなりの覚悟が必要だ」

そんなことがあれば、俺は絶対に許さない。

暗に克彦が釘《くぎ》を刺しているようだ。ふたりの言い争いに耐え切れなくなったのか、多恵は「ちょっと理沙の様子を見てくるわ」と言いながら、席を立って二階へ行ってしまった。

「そんなことわかっているわ。さっきから、あなたはまるで私が浮気をしたがっているみたいに言うのね。ひどいじゃない」

奈津子は反撃に出る。このまま言われっぱなしでは、自分を守れそうにない。

「わかっていればいいさ」

「あなたこそ、趣味にばかりかまけているから、妻の考えていることがわからなくなっているんじゃないの？」

「どういうことだ」

「あなたは変わったわ。昔はもっと家族のことも考えてくれていたのに、今はまるで違う。あなたの関心は鉄道模型のことだけじゃないの」

「何を言いたい」

「あなたが書斎に籠《こも》っているから、ふたりで過ごす時間もないってこと」

奈津子の言葉を聞いて、克彦は意外だ、という顔をした。

「だって、それはおまえが望んだことだろう？」

「えっ？」

「忘れたのか。どうしてこういう状態になったのか」

奈津子はぽかんとしている。克彦が何を言いたいのか、さっぱりわからないのだ。

その様子を見て、克彦は苛立った口調で続ける。

「俺が写真を止《や》めたわけを、おまえも知っているだろう？」

写真？　確かに克彦は昔、鉄道写真が趣味だった。それは覚えている。だけど、何故そんなことを言い出すのだろう。

「ほんとに忘れたのか」

それを止めたのはいつだろう。何がきっかけだったのだろうか。

この家に来た時、すでにカメラは仕舞いこまれていた。それ以前？

「それとも忘れたふりをしているのか」

その時、奈津子の脳裏に小さな亡骸《なきがら》が浮かんだ。

青白い、小さな小さな亡骸。産声を上げることもなく逝った私の赤ちゃん。

「もういい。ひとりで思い出してみろ」

そう言い捨てて克彦は奥の書斎に行った。まもなく、二階から多恵が下りてきた。

「今日はもう遅いから、明日にしましょう。理沙も学校があるから寝かせなきゃいけないし。奈津子さんもそろそろおやすみなさい」

そう言いながら多恵も自分の部屋へと去って行く。

奈津子はひとり呆然《ぼうぜん》とソファに座っていた。

小さな亡骸を思い出してから、いろいろなことが一気に脳裏に浮かび上がる。いろんな感情が湧き上がってくる。その強烈さに息が詰まって、身動きひとつできなかった。

十年前、奈津子は二人目の子どもを流産した。理沙のあとなかなか恵まれなくて、やっと授かった子どもだった。流産した日、夫は傍に居なかった。休日のその朝、悪い予感がした奈津子は外出しようとする克彦を引きとめた。しかし、半年前からの約束だからと、克彦は鉄道写真を撮るために友人と出掛けてしまったのだ。

狭いマンションの台所で、幼い理沙が見守るなか、蹲《うずくま》って苦しんでいたあの日。あの苦しさと心細さ。なぜ夫がここに居てくれないのか、という憤り。見かねた理沙が、同じマンションの同級生の親を連れてきた時はすでに遅かった。激しい痛みと大量の出血に苦しみながら、奈津子は子どもを喪《うしな》ったことを悟っていた……。

克彦はそれ以来、鉄道写真を撮ることをきっぱり止めた。高校時代からずっと愛用してきたカメラを引き出しの奥に仕舞いこんだ。それが克彦なりの贖罪《しょくざい》だ、ということは奈津子にもわかった。克彦が鉄道模型作りを始めたのは、この後だ。

「これだったら、やりながらでもママや理沙のそばに居られるから」

最初に模型を買ってきた時、克彦はそう言ったのだ。自分たちのために克彦は趣味を変えたのだ。義母と同居することになったのも、それがきっかけだった。退院後、奈津子は体調を崩し、寝込むことが多くなった。気分も塞《ふさ》ぎがちで、克彦に恨み言を繰り返した。あれほど好きだった仕事を「辞めたい」と口走ったりもした。そんな様子を見かねて、克彦が提案したのである。環境を変えてもう一度やり直そう。母の助けを借りて家事や育児の負担が減れば、奈津子の気持ちも身体も楽になるだろう、と。それで自分もこの家に来ることに賛成したのだった。

なぜ、忘れていたのだろう。辛いことだから思い出したくない。そう願うあまり、記憶が抜け落ちていたのだろうか。それとも、心の奥でまだ怒りや悲しみが燻《くすぶ》り続けていて、克彦の優しさを見ないようにしていたのだろうか。

ああ、そうだ。克彦と夫婦生活がうまくいかなくなったのも、あの頃からだ。克彦に触れられると、流産した時の記憶が蘇《よみがえ》る。下腹の締め付けられるような痛み。股の間から流れた大量の血。手足の指も、爪《つめ》も、ちゃんと揃《そろ》っていたあの小さな青白い亡骸。

それで、セックスを楽しめなくなった。夫に抱かれるのが苦痛になった。敏感な克彦はそれを察し、求める回数が次第に減っていった。

仕事への不満が克彦をあの書斎に追い込んだと思っていたけど、それだけじゃない。自分自身の態度が夫を遠ざけていたのだ。克彦が書斎に籠るようになったのは、私といるのが嫌だったからだ。私の愚痴や恨み言を聞きたくなかったからだ。

夫の気持ちをわかっていなかったのは、自分の方だった。

奈津子はソファに突っ伏した。息をするのが苦しかった。己の身勝手さ、克彦への申し訳なさで、胸が焼け付くように痛んだ。

関口と別れよう。雷に打たれたように突然、脳裏に閃《ひらめ》いた。

肉体関係を持ったとしても、家庭に影響が無ければそれでいいと思っていた。夫が自分を顧みないのだから、ほかの男でそれを埋め合わせてもいいと思っていた。だけど、それは間違っていた。

夫婦の関係はそんな単純なものじゃない。長い年月、そばにいて育《はぐく》んできた愛情や憎しみ、さまざまな想いが捩れて絡まり、縄のようにふたりを繋《つな》いでいる。夫と分かち合ってきたもの。たくさんの喜び。怒りや悲しみ。そういったものに価値はないというのだろうか。それらは、なかった方がよかったのだろうか。

いや、そんなはずはない。

今の私と克彦との関係は決していいものではない。だけど年月を経れば、きっとそれも思い出に変わるだろう。そこからまた歓《よろこ》びが生まれることもあるだろう。人と人との関係というのはきっとそういうものだ。夫婦の関係は一過性ではなく、長く続けるからこそ本当の価値が生まれる。そう信じなければ、結婚を続けてきた意味がない。

それに、ほかの男と恋愛して、家族にそれを気取らせない、そんな器用さは私にはない。まだ関係を結んでいないのに、もう義母や夫にほかの男の存在を疑われている。これで、本当に関口と関係を持ってしまったら、どうなることだろう。

恋が楽しいのは、鬱屈《うっくつ》を抱えていないからだ。好きな時に会い、いいところだけを見せ合い、楽しいことだけを共有する。日常の雑事や倦怠《けんたい》とかけ離れているからだ。けれども、長く続けばそうはいかない。お互い家庭を持っていて、人には言えない関係だから、遅かれ早かれ鬱屈を抱えることになるだろう。それはもしかすると結婚の鬱屈よりも深い、救いのないものになるかもしれない。

それに、関口の妻は専務の娘だ。ふたりの関係がうまく続いたとしても、秘密が漏れたらただではすまないだろう。お互いの家庭だけでなく、仕事も失うかもしれない。そうなればふたりとも深く傷つくだろう。その傷の痛みのあまり、恋したことを後悔するかもしれない。関口を好きだから、そんなふうにはなりたくない。

今ならきれいごとにできる。一時的な気の迷いで終わらせられる。

今が引き返す、ぎりぎりの瀬戸際だ。

もう終わらせよう。自分が今まで築いてきたものを、自分の手で壊さないために。今まで大事にしていた人たちをこれからも大事にしていくために。

そして、好きだという気持ちを、いつまでも綺麗なまま取っておくために。


奈津子は深く長い溜息を吐く。

だけど、辛い。身を切られるように辛い。

関口のいない日々。つい数ヶ月前までそれが当たり前だったのに、今そこに戻ると思っただけで、こんなにも寂しい。

この寂しさはこれからずっと続くんだ。

そう思った瞬間、寒くもないのに身体がぶるっと震えた。奈津子は自分で自分の身体をしっかりと抱きしめていた。

11

翌朝、奈津子は松原稔に連絡を取った。かつて家庭教師を頼んでいたので、連絡先は奈津子も知っている。幸い松原はすぐつかまった。午後から大学に行くというので、十時に横浜の元町の喫茶店で待ち合わせをすることにした。

松原は時間どおりに現れた。店内を見回して、奈津子の姿を見かけると、にこっと微笑《ほほえ》んだ。頭が小さくて手足が長い、いまどきの若者の体型だ。ブルーの細かいチェックのシャツにペイルブルーのパンツのさわやかな色合いがよく似合っている。

「こんにちは」

背筋を正してはっきりした声で挨拶《あいさつ》すると、奈津子の正面に座った。

「ごめんなさいね、急に呼び出したりして」

松原に会ったらどんな顔をしようか、と思っていたが、顔を見るとつい気が緩んだ。記憶にあるとおりの好青年である。

「いえ、理沙ちゃんから昨日、メールをもらっていたので覚悟はしていました」

「覚悟というと……」

「今回は、いろいろご心配お掛けして申し訳ありませんでした」

そう言って、深々と頭を下げる。オーダーを取りに来た店員が、何事かと怪訝《けげん》そうに見ている。

「先にオーダーをしましょう。何がいいかしら？」

奈津子が松原にメニューを差し出すと、松原は頭を上げた。

「アイスコーヒーをお願いします」

「私はカフェラテで」

店員が席から離れると、奈津子はバッグから煙草を取り出した。

「ごめんなさい。ちょっと吸ってもいいかしら」

「ええ。おかまいなく」

松原は煙草を吸わない。昔は二十歳《はたち》過ぎると、吸いたくなくても格好つけるために煙草を咥《くわ》えたりしたものだ。しかし、いまの若者にとっては吸わない方がスマートなのだろう。

「でも、娘には黙っていてくださいね。内緒にしているから」

「いえ、理沙ちゃんは知っていますよ。お母さんが煙草を吸われていること」

「えっ?」

「いまどき女性が煙草を吸うなんて珍しくもないんだから、内緒にすることもないのに、と言ってました」

「そうだったの」

奈津子はライターで煙草に火を点けながら、小さく心が粟立《あわだ》つのを感じていた。

私が知らない理沙のことを、この男は知っている。

「ところで、理沙からメールが来たなら、何が起こったのかはご存じよね」

奈津子は少し硬い声で用件を切り出す。

「ええ。ホテルから出てきたところを誰かに見られて、学校に連絡された、と言っていました」

言いにくいことのはずだが、松原は奈津子の目を見てはっきりと言う。そういう態度を昔は好ましく思っていたんだっけ、と奈津子は思う。

「まあ、そういうわけなの。平日、学校をさぼってそういうことをしていたら、当然、問題になるわよね。今のところ担任の先生だけで留めてくださっているけど、職員会議で取り上げられたら停学は免れないわ」

「申し訳ありません」

「理沙はまだ十六よ。高校生を昼間っからそういうところに連れ込むというのは、どういうことなのかしら」

おや、というような顔で松原が問い返す。

「理沙ちゃんから聞いていませんか？」

「何を？」

「ホテルに行きたいと言い出したのは、理沙ちゃんの方です」

「理沙が……」

「あの日、学校をサボった、と彼女から連絡が来たんです。それで心配になって、元町で会うことにしました。最初は喫茶店で話を聞いていたんだけど、そのうち理沙ちゃんがどうしてもホテルに行きたい、と言い出して」

「それで?」

「まさか本気じゃないだろう、と思ったんですが、理沙ちゃんがさっさと歩き出して、そのままホテルの中まで入っていったんです。僕は慌てて追いかけて止めました。ホテルの外に連れ出して、しばらく押し問答していたところを誰かに見られたらしいです」

「それじゃあ、あなたとは関係を持っていないと言うの?」

「ええ。そういう意味では」

「だけど、あなた、この前、車の中で……」

奈津子は車の中で抱き合う男女の姿を思い出していた。松原は苦笑する。

「まったく清い交際だとは言いませんけど、自棄《やけ》になってバージンを捨てたがっている女の子につけ込むようなことはしませんよ」

「自棄になってるって?」

「理沙ちゃんは、中学の同級生で好きな男の子がいたんですね。彼と同じ学校に行きたくて、志望校を決めたんですよ」

奈津子は驚いて言葉を失った。そんなこととは知らなかった。

「理沙ちゃんはその志望校に落ちて、彼はその高校に進んだ。おまけに入学してまもなく、同じ中学出身の同級生とつきあい始めたんだそうですね。その女の子がわざわざ報告してきたのだそうですよ。『あなたの方が先に彼のこと好きだったのに、こういうことになってごめんなさい』って」

ということは、その同級生の女の子というのも、理沙がよく知っている相手なのだろう。同じ中学からあの高校に進んだ生徒は少ない。五人もいなかったはずだ。もしかしたら以前、駅で会った、はるかという女の子だろうか。

「それは、あてつけなんでしょうか？　それとも、本気ですまないと？」

「僕にはわかりません。理沙ちゃんは嫌がらせだと言っていました。失恋より、そのショックの方が大きかったのかもしれませんね。その友達のことも信頼していたみたいだったから。僕に連絡をくれたのは、そのことがあった後です。誰かに慰めてもらいたかったんだろうと思います」

「そうだったんですか……。何も知りませんでした」

「それはそうでしょう。そういうことは親には話さないものだと思います」

落ち込んだ奈津子を慰めるように松原は言った。娘の彼氏というより、学校の先生と話しているようだ、と奈津子は思った。

「それであなたとおつきあいするようになったんですか」

「まあ、そういうことです」

松原はアイスコーヒーのグラスにストローを差し入れて一気に半分ほど飲む。そうして、再び奈津子の目を見て話を続ける。

「理沙ちゃんは、相手が誰でもよかったんじゃないかと思うんですよ。だけど、そういうところから本物になることもあるし、僕が突き放したらどうなるか心配だったし、それで……。でも、やっぱり痛々しくて……」

「ホテルに行くことはできなかった、と言うんですね」

「ええ」

前に理沙が松原について語ったことを思い出す。

『初めてつきあうにはいい相手だと思うよ。優しいし、真面目《まじめ》だし、外見も悪くない。東大だから、聞こえもいいしね。それにあの年だと十六歳とつきあうのはステータスじゃない？　だから、私のこと大事にしてくれるし』

しかし、松原は理沙の気持ちもお見通しだったのだ。おそらく私なんかより、ずっと。

「だったら、あなたに感謝すべきですね。理沙を、大事に思ってくれてありがとう」

「僕を、信じてくれるんですか？」

松原は意外という顔をした。

「ええ。あなたのことも前から知っていますから。それに、おそらく理沙はあなたが誠実な人だとわかっていたから、近づいたんだと思います」

「そうでしょうね。きっとそうだと思います。だから、僕は待っているんです。何かへのあてつけではなく、彼女が本当に僕と向き合いたいと思う日が来ることを」

奈津子はほっと溜息を吐いた。安堵の溜息だった。

いい男だ。肉体関係を持ったとしても、そうでなくても、理沙はいろいろなものを松原とのつきあいから得るだろう。そのことがこれからの理沙の人生を豊かなものにしてくれるに違いない。それは親として喜ぶべきことだと思う。

理沙には未来がある。これからいろんな人と出会い、恋をし、自分にとって一番いい相手を選び取るだろう。

だが、自分は？

奈津子は唇を嚙《か》み締める。

自分の恋に未来はない。自分にはもう結論が出ている。

「母親として生きる、ということですか」

関口の声が少し震えている。その晩、神楽坂のバーに呼び出して『もう会わない』と奈津子が告げた。それに対する関口の答えだった。

「そういうこと、かもしれません」

「まいったな」

関口はテーブルの上に両肘《ひじ》をついて指を組んでいる。組み合わせた指の上に顔を伏せた。まるで祈りを捧《ささ》げているような格好だ。

「あなたは真面目な人だから、いつかそう言い出すのではないかと恐れていた。だけど、まさかこんなに早く……。まだ何も始まっていないのに」

「今だから、もとに戻れると思ったんです」

「本気ですか」

関口は手を組んだまま、まっすぐ奈津子を見た。その強い視線を受けとめられず、思わず奈津子は下を向く。

「全部、なかったことにする、と言うんですか？」

「ええ」

「嘘だ」

関口は右手を伸ばして正面に座った奈津子の手を握る。奈津子は手を引っ込めようとするが、関口は強く握って離さなかった。

「起こったことはすべて、なかったことになんてできない。あなたは俺のことが好きだと言った。俺と寝たいと言った。あなたが忘れても俺は忘れない」

「好きなのは変わらない。自分がこんなふうに人を好きになれるなんて思わなかった。でも……家族は裏切れない」

「裏切るってどういうことですか？　たとえ関係を持たなくても、俺を好きだと認めた時点であなたは家族を裏切っているんですよ」

「どうぞ、責めないで。あなたにも家族はいるのでしょう？」

「家族か」

吐き捨てるように言うと、関口は奈津子の手を離した。そしてテーブルの上のグラスを摑《つか》むと、水割りをひと息に呑み干す。

「すみません、同じものを」

グラスを目の高さに掲げて、横を通りかかったウエイターに合図する。ウエイターは「水割りですね」と言って、呑み干されたグラスをさげる。

「家族がいるなんて、お互い、最初からわかっていたことじゃないですか。どうして今さらそんなことを言うんですか？　今になって怖気《おじけ》づいたということなんですか？」

「それは……」

怖気づいた。そう思われても仕方ない。

「今の日本では、既婚者の恋愛はあってはいけないことだ。だけど、そんなの建前にすぎない。結婚しても人は恋に落ちる。それを止めることは不可能だ。あなたはもう、その一線を越えてしまったんだ」

この人の言うとおりなのだろう。今、目の前のこの男が、こんなにも好きだ。自分を強く非難しているこの瞬間でさえ愛《いと》おしい。

「結局、そういう気持ちに正直になるか、どうかだ。恋に正直になって、だけど、家庭を捨てられないなら、捨てなければいい。それだけのことだろう？」

「だけど、恋に正直になることは、家庭では不実になることでしょう」

恋を守ろうとすれば、家庭で嘘を積み重ねることになる。奈津子は夫と義母に詰問された時のことを思い出した。たったあれだけの嘘でさえ、自分はうまく答えられなかった。

「家庭のために恋を諦めれば、自分に嘘をつくことになる。結局は同じことだ」

「あなたは……どうしているんですか。奥さんに嘘をついて、私とこうして会っていることに、後ろめたさを感じないのですか？」

「どうだろう。俺は、恋愛と結婚は別だと割り切っているから」

ウエイターが関口のグラスを運んできた。呑まずにはいられないという調子で、関口はグラスの酒をあおる。

「結婚は生活の場だ。強い恋愛感情が無くても、相手に対していくらか好意があれば、継続していくことは難しくない。まあ、いい関係でいた方がお互いラクだから、多少の努力はしますよ。誕生日やクリスマスにはプレゼントを渡し、結婚記念日にはレストランでディナーをする。俺たちは上手に幸せな夫婦を演じている。続けようと思えばいつまでも続けられると思う。うまくいく秘訣《ひけつ》は何かというと、お互い本音を言わないことだ。お互いの仮面の下を見ないようにすることだ」

突き放すような関口の言い方は、奈津子の胸を錐《きり》のように突いた。

「多かれ少なかれ、世間の夫婦なんてそんなものじゃないですか？　俺の両親だってすごく愛し合っていただなんて思えないし。結局は感情よりも、経済や習慣や惰性の方が結婚生活の継続には大事なんだ」

再び関口はグラスに口をつけようとして、ふと奈津子と視線が合う。奈津子の目からはぽろぽろ涙が零れていた。

「どうしたんですか？」

「そんなふうに思っているなんて、寂しい。……私は、そんなふうには割り切れない。あなたを好きだから、家で表面を取り繕うことさえ、もう難しい」

手をつけられない奈津子のグラスの氷がゆっくり溶けていく。視線をグラスに向けながら、奈津子は訥々《とつとつ》と話し続ける。

「私も、最初は割り切れると思っていた。だけど、そうじゃない。あなたに対する気持ちが強すぎて、これ以上、強くなったら、家には居られない」

関口が困惑したように黙り込んでいる。

「ほら、そんなこと言われると、あなた、困るでしょう？　それが辛い。……あなたの重荷にはなりたくない」

奈津子は涙を零しながら、ひと言、ひと言、嚙み締めるように言った。

「それに、家族のことも愛している。とくに娘のことは……。自分自身の幸せと引き換えてもいいと思っている。だから……」

「わかった。もう何も言わなくていい。あなたがそれを望むなら、そうするしかない」

関口は腕を伸ばすと、奈津子の涙を指先でなぞる。奈津子はおしぼりを取ると自分で涙を拭《ぬぐ》った。

「ごめんなさい」

「謝ることなんてない。あなたはそういう人だ。それがわかっていて好きになったのは、俺の勝手だから」

そう言いながら関口は微笑もうとして失敗していた。笑顔というより、ほとんど怒っているような顔だった。

12

関口と会わないと決めたことは、思った以上に奈津子に苦痛を与えた。朝、起きるのが辛い。今日一日をどうやってやり過ごそうか。そんなことをいつまでも布団の中で考えている。食事中に周りの会話が遠ざかって、自分自身の世界の中に入り込むことも多くなった。洗い物をしながら考えに耽って、茶碗《ちゃわん》を取り落としたりすることもたびたびだった。

仕事をしている時はまだよかった。誰かと打ち合わせをしたり、原稿を読んだりしている間は気が紛れた。しかし、会社にいれば、関口の姿を見かけることもある。営業部との定例会議の席や、廊下やエレベーターですれ違ったりすることもあった。駄目だと思いつつ、そういう時にはつい視線が関口を追っていた。偶然、目が合っても、関口は知らん顔をして視線を外す。そのよそよそしさが寂しかった。会社でぽっかり空白の時間が出来ると、用も無いのに営業部に行きたくなり、その衝動を抑えるのに苦労した。

そんな折、榊との仕事が本格化してきた。

「あなたには少しインタビューをさせてほしいんだ」

新しい担当として最初の打ち合わせに行った時、奈津子は榊にそう頼まれた。

「今回は、君も知っているように、ごく普通の四十代の女性が道ならぬ恋の深みにはまっていく内容だ。できるだけリアルな女性の描写を入れたいと思っているんだ」

「それで……インタビューというのは？」

「普通の四十代の女性がどんなことを考えているか、もうちょっと知りたい。毎日、どんな生活を送っているか。仕事とか家庭をどう考えているか」

「それでしたら、何人か四十代の女性を集めて意見を聞くということでも……」

「いや、その必要はない。今回の主人公は君をイメージしているのだから、君自身のことを語ってほしいんだ」

嫌だな、と奈津子は咄嗟《とっさ》に思った。質問が仕事や家庭のことだけで終わるはずはない。恋愛のこと、異性関係のこと、もしかすると性体験のことなども聞かれるかもしれない。そう思って躊躇していると、榊がとりなすように言う。

「そんなに堅く考えなくてもいい。立ち入った質問もするかもしれないけど、聞いた話をそのまま書くわけではないし、言いたくないことは言わなくてもいいから」

それでも奈津子が戸惑っていると、同席していた伊達が口を挟む。

「あて書きってご存知ですか？」

「あて書き？」

「ええ。テレビとかお芝居ですでにキャスティングが決まっている場合、脚本家はこの役者だったらこう演じるだろうということを想定してシナリオを書くのだそうです。先生のやり方もそれと同じだとお考えいただければいいと思います。あるシチュエーションに置かれた時、あなただったらこういうことを言うだろう。こういう行動を取るだろう。それをイメージしながら小説を書く、ということなのです。だから、あなたをモデルにと言っても、あなたの実生活をそのまま書こうということではございません。あなたからインスパイアされたものを書くのが先生の小説なのです」

「聞いたことをそのまま書くのだったらノンフィクションだからね。リアルを基にフィクションを作るのが僕のやり方なのさ」

「完成したものを読んでいただいて、あなたご自身が困ると思われる部分がもしあれば、そこは変更させていただきます。あなたご自身にご迷惑をお掛けするのは本意ではありませんので。と言っても先生のことですから、そんなことはまずないと思いますけど」

「わかりました。そういうことであれば、協力は惜しみません。私でご期待に沿えるかどうかはわかりませんが」

ふたりの説明を聞いても、まだ奈津子は気が進まなかった。だが、担当となった以上、そう答えざるをえなかった。

そうして、インタビューが始まった。奈津子が緊張していることに配慮してか、榊は比較的答えやすい質問から始めた。今までの履歴、学生時代の専攻、出版社を志したきっかけなど、奈津子が困るような質問は最初はひとつもなかった。榊は時々メモを取りながら、巧みに質問を重ねていく。しかし、二回目からは奈津子が懸念していたように、恋愛観や結婚観、男性観に質問が移っていった。

「初めて男性と関係を持ったのは、いつ？」

「そんなことも……言わなければならないのですか」

「ああ、できれば」

なおも奈津子が躊躇していると、榊が励ますように言う。

「まあ、なかなか言いにくいだろうね。だったら、僕から話そうか。僕の場合は、実はそんなに早くない。大学を卒業する年だ。しかも、相手は素人ではなかった。まあ、当時は結婚までは処女でいるべし、という価値観が支配的だったからね。女の子も堅かった。つきあっていた子がいないわけじゃなかったが、到底、肌を許してもらえそうになかった。そんな話をするだけで嫌われそうだった。それで煩悶《はんもん》に耐えかねて、ということもあったし、正直に言えば、それが小説のためだと思ってもいた」

「小説のため？」

「そう。その頃には自分は作家になるんだ、と決めていた。それで小説を書くためにはひととおりのことを経験しておかなければ、という思いがあった。女を体験しなければ、女のことを書けないと大真面目に考えたんだね。それで、詳しい先輩に、今で言う風俗の店に連れて行ってもらった。今、考えると、自分でも滑稽《こっけい》だったな、と思うが」

「そうなんですか」

奈津子は微笑んだ。それを見て安心したように榊は話を続ける。

「君の学生の頃にはもう、そこまで堅くは考えなかっただろう？　バブルを境に日本人の性的な観念は劇的に変わったからね。君の頃にはもう、結婚まで処女だなんてそっちの方が恥ずかしい、もてない証拠だ、そう思っていたんじゃないか？」

「そうですね。そうだと思います。大学時代のうちには経験したいと思う人が多かったですね。今考えるとやっぱり馬鹿みたいだけど、それが当たり前というか、それに乗り遅れちゃいけない、みたいな」

「君も？」

「ええ」

「それはうまくいった？」

「まあ、なんとか」

「それで、どこか自分が変わったと思う？」

「うーん、どうでしょう。正直、最初は快感よりも羞恥《しゅうち》とか苦痛の方が勝っていたし、こんなものか、と思いました」

「そうだよね。僕も体験する前の方がいろんなことを想像してわくわくした。やってみたらなんともあっけなかったよ。興奮のあまり、接した途端、すぐに終わってしまったからね。相手の女性に呆《あき》れられたよ。屈辱の初体験だ」

奈津子はくすくす笑った。榊のような男にも、そんな時代があったとは思えない。

「君はそこまで酷《ひど》い経験ではなかっただろう？」

「まあ、好きな相手とでしたから」

「合意のうえで？」

「もちろんです」

「場所は自分の部屋？　それとも相手の下宿？」

「ふたりとも自宅通学でしたから、旅行先で」

「ああ、だったら心の準備もちゃんと出来ていたんだね。酔っ払った勢いで、とかではないんだ」

「ええ」

そんな具合で、いつのまにか奈津子は初体験の話、その状況、どんな相手だったか、その後の男性との関係などについてもしゃべってしまっていた。だが、同時に榊自身の恋愛体験も知ることとなった。奈津子が話し易《やす》いようにと、榊が自らの体験をいろいろ語ったからだ。正直、その話を楽しんでいる自分に奈津子は驚いた。榊の体験した数々は、榊の小説に色濃く反映している。なぜああいう物語を作者が書かなければならなかったのか、作者が何を目指していたかが、どんな評論を読むよりよくわかった。面白かった。編集者冥利《みょうり》に尽きる、と思った。

「だが、異性関係を重ねれば重ねるほど、異性のことはわからないと思う。まあ、僕もそんなに多い方じゃないからね。両手で数えられるくらいの回数だし」

「ほんとですか。いろいろなお話から察すると、それだけでは足りないと思いますけど」

「うーん、両手と、足の指もちょっとは必要か」

「やっぱり」

「君はどうなの？」

「私は、片手で十分です。それでも余るくらい」

関口とまだつきあっていたら、きっと怒られただろう。そんなことを聞くのはセクハラだ、そんな話に、なぜ正直に答えるのか、と。

「君だって、独身の頃は相当、もてただろう？　いや、今でも美人だし、口説《くど》かれることも多いんじゃないの？」

「そんなことないです。子持ちのおばさんですし。もう、恋愛は卒業しました」

「ほんとに卒業したの？」

「ええ」

「そんなの人間として信じられない。異性を求める行為は人間の本能に根ざしているから、恋心が無くなるなんて考えられない。むしろ若い時以上に強い衝動で、中年の男女も恋に落ちるはずだ」

「どうしてですか？」

「その世代には本能的な恐怖があるからだ。生殖能力を失《な》くす、つまり、男にとっては勃起《ぼっき》できなくなること。閉経間近の中年の女性にとっては、妊娠ができなくなることへの恐怖。言ってみればそれは男でなくなる、女でなくなるようなものだからね。その現実に対して、精神的にも肉体的にも拒否反応が起こるのさ。まだ男である、女である、その証明を本能的に欲しているんだね。それだからこそ、思春期とは違った切実さでこの年代は恋を求める。それまで築いた家庭とか、キャリアを揺るがすほど強く。その現象こそ、ミドルエイジ・クライシスと言うべきだ、と僕は思っている」

「それが今度の小説のテーマになるわけですね」

「ああ、そうだ。若い頃よりも理性や分別がある分、中年の恋は葛藤が強い。背負っているものも多いしね。それだからこそ、小説の題材としても面白いのだと思う」

作家と編集者というのはほんとにおかしな関係だ、と奈津子は思う。小説のためにいろんなことを話し合う。夫にも恋人にも話したことがないようなことを打ち明け合う。作家も編集者も、仕事に真剣になればなるほど自分を相手に曝《さら》け出す。その結果、ほかの人にはわからない、ある種の絆《きずな》が生まれるのも確かだ。

それを、恋愛感情だと錯覚する人もいるだろう。私だって、もし関口のことがなければこの人にそんな思いを抱いたのかもしれない。知的にも精神的にも、こちらを刺激する相手だから。

「君自身はどうなの？」

「そういうことがまったくなかった、と言ったら嘘になりますね」

「それで、行動に移したの？」

「まさか。さすがにそれはできません。私は小心者ですから」

「プラトニックな状態で満足しているってこと？」

「いいえ、恋というのは相手のすべてを求めるものだから、精神だけ、ということはない、と思います。それで満足できるとしたら、尊敬とか、崇拝とか、そういう感情ではないでしょうか」

榊に対する自分の感情がそうであるように。

だけど、関口は違う。もっと肉体を伴った、そう、何よりも男、という気がする。その顔や表情や身体つきが好き。ちょっとした仕草が好き。声や匂《にお》いも好き。その体温を感じただけで胸がときめく。身体の芯が疼く。恋というものはこんなにも愚かしく、肉体的な衝動を伴うものだと思い知らされる。

「そういう思いは、やっぱり年代も関係あると思う？」

「それは自分自身ではわかりません。だけど、そういう相手と出会うかどうかが大きいんじゃないでしょうか。若い頃と違って、中年の場合は誰にでも簡単に恋心を抱くわけではありませんもの」

ほかの男ではこうはならない。相手が関口だからだ。彼でなくては駄目なのだ。

「じゃあ、そういう出会いがあったの？」

「ええ」

榊は奈津子の答えを聞いて、少し驚いたような顔をした。

「君は、正直だね」

「どうでしょうか。本当に正直だったら、行動に出たと思います。しょせんは、家庭のことを考えて恋に踏み出せない、保守的な女なんです」

別れた男のことを思い浮かべて語るのは、治りかけた傷のかさぶたをはがす行為に似ている。治すためにはそっとしておいた方がいい。触れれば痛みが増すだけだ。でも、だからこそ触りたい。そこに傷があることを確かめたい。確かめて血を流したい。そうすれば、そこに恋があったと実感できる。今は口を利くことさえなくても、ふたりの間に何もなかったわけではない。血を流す時に感じる痛みこそ、自分と関口の関係のただひとつの痕跡《こんせき》なのだ、と。

五回の取材を重ね、十月の半ばすぎにようやく榊がインタビューの終了を宣言した時、奈津子はほっとしたような、寂しいような思いにかられた。榊には深く感謝をされた。

「期待以上に、君は正直に話してくれた。本当に参考になった。ありがとう」

これから榊はしばらくは執筆に集中する。執筆期間中は禁酒し、外出も控えるという。奈津子に来てもらう必要もない、と宣告された。

「原稿が上がったら、またゆっくり会おう。君の話をもっといろいろ聞きたい」

そう語る榊の瞳《ひとみ》に熱っぽさを感じたが、奈津子は以前ほどの警戒心は持たなかった。インタビューをしたことで、榊のことを前より理解するようになったし、少しは精神的な繋がりが出来た気がする。これからは、この人との関係もうまくいきそうな気がする。こういう経験を積み重ねて、作家との信頼関係が出来ていくのだろう。

自分も少しは文芸の編集者らしくなってきたのかな、と奈津子は思った。

「ところで先生、今回の小説、どんなタイトルになるのでしょうか。この段階で伺うのもなんですが、来期の刊行予定表に載せる都合があるので、仮タイトルだけでもいただければ、と思うのですが」

「タイトルはもう決めている。『情事の終わり』というんだ」

「ああ、それはもしかするとグレアム・グリーンに対するオマージュですか？」

イギリスの有名な作家グレアム・グリーンに同じタイトルの小説があった。文庫にもなっているのではるか昔に読んだ記憶があるが、内容は忘れてしまった。

「オマージュっていうのもおこがましいが、グリーンの小説のタイトルを拝借したというのは当たってる。ただし、表記法は原典のように『終り』ではなく、わを入れて『終わり』にしてくれ。まったく同じでは畏《おそ》れ多いし、『終わり』の方が現代的な表現に思えるから」

「わかりました」

おこがましいとか畏れ多いという言葉が、強気の榊から出てくるのは珍しい。それだけ先達の業績に敬意を表している、ということだろう。

「読めばわかるが、これは実にみごとなタイトルだ。情事の終わりというのが、文字通りラブ・アフェアの終わりを意味するだけでなく、情事が終わってそこから本当の愛が始まる、そういう意味を持たせているんだ。その愛は相手に対する想いというだけでなく、神への愛ということも含まれているところが、いかにもカトリック作家のグリーンらしいがね。しかし、その愛というのは女にとっては救いになるが、男にとっては途方もなく残酷なものとなる。男と女の関係の哀しさを描いて、これは最もうつくしい物語だと思う。これほどの物語は書けないとしても、いつかこのタイトルを自分でもつけてみたいと思っていた。情事というものはいつか必ず終わる。だが、終わるからこそ始まるものがある。そんな意味合いを今回の小説には持たせたいと思っていた」

「情事は必ず終わる……」

そうかもしれない。しかし、自分と関口の関係は情事と言えるのだろうか。情事が肉体関係を伴う恋愛というのであれば、情事にも至らない。そして、関係が終わったいま、何が自分に残ったのだろうか。

傷つきたくない。誰も傷つけたくない。

きれいなままで恋を終わらせたい。

願ったとおりになったのに、それが自分を苦しめる。思い出が美しすぎて、忘れることも捨て去ることもできないのだ。時間が経つほどにそれは輝きをまし、そのまぶしさが痛みとなってこころに突き刺さる。息をするのも苦しいほどに。

実らなかった情事だから、終わらない。終わらないから、何も始められない。

私にできることは輝きを思い出さないように、こころを凍りつかせることだけだ。

何も感じない。何も考えない。

そうして、こころは少しづつ死んでいく。


一方、家庭の方には奇妙な緊張感が漂っていた。理沙はあれ以来、おとなしくしている。真面目に学校にも行っているらしい。しかし、夫と義母が理沙の一挙手一投足を見張っているようなピリピリした感じがあった。そのくせ思っていることを誰も口に出して言わない。どんよりしたものが家中を支配している。その重たい空気が奈津子には息苦しい。理沙がいない時、多恵がこぼす愚痴を聞くのも辛い。理沙を責める言葉はそのまま母親である自分の在り方を責められているようだ。

ある日のこと、理沙の帰宅が久しぶりに遅くなった。気を揉《も》む多恵の愚痴に耐えられなくなった奈津子は、

「ちょっとコンビニまで牛乳を買いに行ってきます」

と言って家を出た。外は夜風が肌に冷たい。関口と別れたあと、知らない間に季節が変わってしまった。夏が過ぎ、秋も過ぎ、もう冬が目の前だ。奈津子は一番近いコンビニではなく、一軒遠いコンビニまで足を延ばして牛乳と煙草を買った。その店の向かい側にある公園で煙草を吸って帰ろうと思ったのだ。そこは理沙が小学生の頃、よく遊びに来ていた場所だ。狭いがブランコやメリーゴーラウンドなどの遊具が充実している。公園に入って行くと、奥のブランコのところに誰かいる気配がする。目を凝らして見ると、人影はきゃしゃでスカートを穿《は》いているようだ。どうやら女性らしい。警戒心を緩めて奈津子は入り口近くのベンチに腰を下ろした。煙草に火を点けようとして、ふとブランコの方に目をやる。月に掛かっていた雲が切れて、ブランコの人影を照らし出していた。

「理沙！」

思わず大声を出した。制服のまま理沙がブランコを漕《こ》いでいたのだ。

「こんなところにいたの」

奈津子は煙草を指に挟んだまま立ち上がり、ブランコに近寄った。理沙も驚いた顔をしたが、そのまま無言でブランコを漕ぎ続ける。古びたブランコが木を擦《す》り合わせるようなキコキコという音を立てている。奈津子は理沙の隣のブランコに座って煙草を咥え、ライターで火を点けた。そのままふーっと煙を吐き出す。

「何してるの？」

理沙がブランコを漕ぎながら、呆れたような顔で奈津子を見る。

「見ればわかるでしょ？　煙草を吸ってるの」

「隠していたんじゃなかったの？」

「あなたにはばれているって松原さんに聞いたから」

「開き直ったわけ？」

「まあね。別に悪いことしているわけじゃないし。だけど、おばあちゃんには内緒にしておいてね」

「ふん、共犯になれっていうの？」

「共犯？　まあそうね。うちの秩序を保つための共犯者ってわけ。ねえ、理沙。世の中には悪いことではなくても、相手に知らせない方がいいことってあると思わない？」

「そうかもね」

「とくに家庭の中ではね」

奈津子は煙をほおっと吐き出すと、理沙ににやっと笑いかける。

「自分の立場を悪くしないためにでしょ」

理沙が皮肉な口調で言う。

「それもあるけど、思いやりとも言える。女性が煙草を吸うなんてこと、私たちの世代では珍しくないけど、おばあちゃんたちの世代では受け入れがたいことでしょう?だったら、わざわざそこを刺激する必要はない、と思うわけ」

「大人のずるさってわけね」

理沙の言い方はきついが、面白がっているようでもある。

「ずるさというより、大人の知恵と言って。いつもいつも真正直である必要はない、ということよ」

「何が言いたいの?」

「あなたも時にはそうしてほしい、ってこと。おばあちゃんを無用に刺激するようなことをしないというのは、いっしょに住んでいる人間の優しさだと思うのよ」

「ばれなきゃいいってこと?」

理沙が驚いて漕ぐのを止める。だがブランコは急には止まらず、前後に揺れ続ける。

「そういう時もある。うまく説明しても、相手にわかってもらえないと思ったら、最初からことを荒立てないという方法もあるのよ。いつも正直でいるなんて、結局、その本人が気持ちいいだけなんだから」

「まるで、隠れてだったら悪いことやってもいいって言ってるみたい」

「ちょっと違うな。たとえ周りにばれなくても、やったことは消せない。自分はごまかせない。結果的には自分自身でつけを払うことになる。あなただったら、それがわかっていると思う。それをわかっていてやる分には、私は何も言わない。そういうこと」

あの人が言ったのだ。『家庭のために恋を諦めれば、自分に嘘をつくことになる』と。その言葉が今の自分にはよくわかる。自分をごまかし続けることは、他人を騙《だま》すより辛い。

理沙は黙っている。ブランコの揺れがだんだん収まっていく。

「ほら、見て。綺麗な月。今日は満月なのかな」

奈津子が上空を指差す。雲の合間に、まん丸の月が辺りを煌々《こうこう》と照らしている。秋の終わりの澄んだ空気のためか、月面の模様まではっきり見える。

「最近、なんか、あったの?」

ふいに理沙が問い掛ける。

「え、なんで?」

「なんとなく投げやりじゃない？　心ここにあらず、といった感じだし。まるで失恋でもしたみたい」

「失恋。そうだとしたらどうする？」

「……」

理沙が黙っているのを見て、奈津子はにやっと笑った。

「冗談よ。そんなわけないでしょう」

「あの人でしょう？　前に、コンサートに行く時に会った」

「えっ？」

「あの人の、ママを見る目つきがちょっとヘンだった。じっと値踏みするような……。なんか嫌な感じ」

理沙にはあの人がそう見えたのか。あの頃はまだお互いを意識していなかったはずのに。何が理沙に警戒心を起こさせたのだろう。

「そうだったとしても、ママは小心だから、いまさら恋愛なんてできないわ。あなたやパパがいるもの」

「そんなこと、恋愛しない理由になるの？」

「なるわ」

奈津子はきっぱりと言った。

家族がいる。それ以上の理由があるだろうか。

これほど好きな相手を諦めるのに。二度と会わない決意をするために。

「そろそろ帰りましょう。ママまで帰ってこないので、きっとおばあちゃん、心配しているわ」

奈津子は立ち上がってジーパンについたほこりを払った。

「私が、こんなところにいる理由を聞きたくないの?」

理沙もブランコから降りて奈津子の傍に近づいてくる。

「話したい?」

「いいえ」

理沙は即答する。顔が強張っている。奈津子はそれを見て微笑んだ。

「だったら無理に聞かない」

「いいの? それで」

「ええ。あなたを信じることにしたから」

「やっぱり前と違う。その人の影響?」

理沙が不思議そうに聞いたが、奈津子には何も答えられなかった。

13

伊達から榊の原稿が上がったという連絡を受けたのは、本格的に執筆に掛かってからちょうど三ヶ月後の一月半ばだった。

「わかりました。すぐ伺います！」

電話口で奈津子は思わず大きな声を出した。

「榊さんの原稿、上がったんですか？」

電話を切ると、隣の席の中川が興味津々という顔で尋ねてくる。

「ええ。今から取りに行ってきます」

奈津子の返事を聞いて周辺からおーっと感嘆の声があがる。自分の発言がそんなにも注目されたことに、奈津子自身が驚いた。

「おめでとうございます」

中川が祝福する。羨ましいという顔ではあるが、言葉に嫌味な響きはない。

「わー、上がったんですか。雨宮さん、やるなあ。予定通りじゃないですか」

滅多に話し掛けてこない向かい側の席の同僚も、感心したような声を出す。

「課長、榊先生の原稿、アップしたそうです」

誰かが課長席の久世に向かって大声を出す。

「本当か」

久世が驚いて顔を上げ、奈津子の方を見た。少し気後れしながら、奈津子は久世の席に行って報告する。榊の担当を替わって以来、久世課長とはほとんど口を利いていない。

「たった今、連絡を受けました。これから先生の事務所に受け取りに行ってきます」

「そうか。……よくやった。今からだと年度内刊行もぎりぎり可能だな」

ちょっと複雑な顔をしながら、それでも課長は奈津子をねぎらった。

「その辺、これから行って打ち合わせしてきます」

「原稿、もらったらすぐに俺にも読ませてくれ。それから、明日にも営業と打ち合わせしよう」

「はい、よろしくお願いします」

奈津子はほっとして笑みを浮かべた。課長やみんなが自分の仕事の成功を喜んでくれる。原稿が上がったことより、むしろそちらの方が嬉しかった。

「じゃあ、行ってきます」

支度をして奈津子は颯爽《さっそう》と外出した。外は風が冷たい。空はどんよりと雲が厚い。天気予報で今日は雪になると言ってたっけ、と奈津子は思い出す。千鳥格子の柄のコートの上に水色のマフラーをしっかり巻きつけた。手袋もしてくればよかったかな、などと思いながら隣のビルの前に差し掛かったところで、足がぴたりと止まった。目の前に関口がいた。営業部のある奥の建物からちょうど出てきたところだった。

「こんにちは」

少し緊張して奈津子は関口に挨拶する。関口とまともに顔を合わせるのは四ヶ月ぶりだ。ロング丈のピーコートにグレーのストールを巻いた姿が嫌味なほど決まっている。関口は以前と変わらぬ調子で尋ねてきた。

「外出ですか？」

「ええ、榊先生のところへ。原稿が上がったので受け取りに行くところです」

「そうですか、それはよかったですね。雨宮さんも苦労した甲斐《かい》がありましたね」

言葉遣いは他人行儀だが、声の調子に温かさがあった。

「ありがとうございます。明日にでも、そちらに宣伝展開のご相談に伺います。ところで、関口さんはどちらまで？」

「打ち合わせで三越前まで。半蔵門線だから、そこまでいっしょですね」

以前、イベントの件で榊の事務所にふたりでいっしょに行っていた時は、いつも半蔵門線を使っていた。会社から一番近いJRの飯田橋駅でなく、遠回りして地下鉄の九段下駅から行くのである。それを知っているということがふたりの距離の近さを物語っているようで、奈津子の胸の奥が微かに疼いた。

「痩《や》せたね」

歩きながら関口がぽつんと言った。視線は前を向いたままだ。

「えっ？　ええ。最近、あんまり食欲がなくて」

この四ヶ月で五キロ体重が減った。周りは榊の仕事のストレスだろうと噂していたが、そうでないことは自分が一番よく知っている。

「あなたは、いろいろ思い悩む質《たち》だから」

関口が案じるように言った。この人にもわかっているのだ。私が何に苦しんでいるかを。

奈津子は胸がいっぱいになって、何も言えなくなった。

「身体だけは大事にしてください」

社交辞令のようなその言葉が、今の奈津子には嬉しい。こんなふうに普通に会話できるのはあの日以来だ。最後に別れを告げた時、関口は明らかに怒っていた。自分を避けていたのもそのためだろう。しかし、四ヶ月という時間が、怒りを忘れさせたのだろうか。

駅までの道は緩い上り坂になっていた。石畳の歩道をふたり並んで歩く。制服を着た学校帰りの小学生たちとすれ違う。

「でも、これからがたいへんだ」

「えっ？」

「宣伝も今回は大掛かりなものになるでしょうし、サイン会とか仕掛けも考えなくちゃいけないでしょう」

榊聡一郎の新作のことを言っている、と奈津子はようやく気がついた。

「ええ、そうですね。今回は、榊さんがうちから出す初めての小説ですから。まあ、編集者の仕事は、作家の原稿が上がってからが勝負ですし」

今の関口とは、仕事以外の話はできないのだ。奈津子は寂しい気持ちになる。

「それにまた、接待もたいへんでしょう。原稿が上がったのであれば、先生も今日は派手に騒ぎたいのではないですか？」

「ああ、そうでした。原稿が上がるまでは節制していらっしゃったから、今日は羽目を外されるかもしれませんね。やっぱり課長といっしょに来ればよかったかな」

溜息混じりに奈津子は言う。執筆中の榊は禁欲的だったが、その分、ストレスが溜《た》まっているに違いない。今日、呑みに行ったら、長く拘束されるだろう。

「僕がご一緒しましょうか？」

考え込んでいる奈津子を見て、関口が不意に言った。

「僕だったら、接待に同行してもおかしくないでしょう。前回同様、営業担当は僕になるだろうから」

関口は以前から榊の度を過ぎた好意に神経を尖らせていた。別れても、まだ気にしてくれている。奈津子は嬉しいような、悲しいような、なんとも言えない気持ちになった。

「でも……そこまで甘えるわけには」

「甘えてもいいじゃないですか。相手が僕なんだから」

「そんなに……優しくしないで」

それを聞いて、関口は困ったように微妙に唇を歪めた。それっきり黙り込んで駅へと向かう。奈津子も少し離れて付いていく。都立高校を右手に見ながら歩き過ぎると、正面には神社の敷地が見えてくる。そこを左に曲がって、坂を下ったところに地下鉄の入り口がある。関口は振り返って奈津子が来るのを確認すると、黙ったまま地下鉄の階段を下りる。長い階段を下り、立ち止まることなく改札に入る。その先のホームは別々だ。

「じゃあ、ここで」

奈津子は一礼して渋谷方面のホームに向かう。関口も軽く頭を下げて歩きかけたが、すぐ思い直したように引き返してきた。

「やっぱり、俺が気になるから。あの男があなたを困らせたら、すぐに連絡ください。無茶なことはしないで」

それだけを奈津子に告げると、返事も聞かずに足早に去って行った。

「本当にこんなに早く原稿をいただけると思っていませんでした」

奈津子は伊達に礼を言った。事務所の打ち合わせスペースには伊達の姿しかなかった。関口の警告を内心、気にしていた奈津子は、榊の姿が見えないことにほっとした。

今日は先生の相手をしなくてもすむようだ。

奈津子の前には完成した原稿がある。パソコンからプリントアウトしたもので、右上をこよりで留めてある。こよりを使うことは最近では珍しい。ダブルクリップで留めるのが主流だ。しかし、これが榊の流儀なのだろう。

「はい、こちらが原稿のデータです」

伊達がCD－Rを奈津子に手渡す。

「ありがとうございます。助かります」

「近頃では原稿のデータもメールでやり取りされる方が多いと聞きますけど、それもちょっと心配でしょう。うちはいつもこうして直接手渡しすることにしているんです」

「ええ、そちらの方が確実だと思います」

奈津子は原稿をめくって通しナンバーに抜けがないかチェックする。確認し終わると、

「じゃあ、確かにいただきました。これから会社に戻って原稿を読ませていただきます」

「あら、もう少しお待ちください。まもなく先生がお見えになりますので」

「でも、うちの久世課長も先生の原稿をお待ちしておりますし……」

「先生はようやく仕事の区切りがついたので、いろいろ発散したいのですよ。どうぞ今日のところは付き合ってやってくださいませ。どうしても原稿を会社に届けなければならないのでしたら、私の方でやっておきますので」

言葉遣いは丁寧だが、伊達の口調には有無を言わせぬ強い響きがある。

「はあ」

「今、先生は奥で着替えをしているところです。すぐに参りますから」

伊達にそう言われて奈津子は浮かしかけた腰をまたソファに深く埋めた。今日は長く付き合わされそうだ、と暗鬱《あんうつ》とした気持ちになりながら。


榊はたいへんなご機嫌だった。最初に銀座の老舗の寿司屋《すし》で日本酒を片手に寿司をつまむ。そのあと、お気に入りのいつものクラブへと足を運ぶ。お祝いだ、と言ってシャンパンのボトルを開けさせ、ホステスたちにも振る舞う。ひとしきり騒いだあと、「もう一軒、行こう」と奈津子を誘った。銀座の表通りから一本入ったところに、榊の目的の店がある。すでに前の二軒でかなり酔っていた奈津子は、もう帰りたいと内心思っていたが、上機嫌の榊は奈津子の手を強く引っ張ってバーに続く階段を上っていく。中は薄暗く、カウンターと小さなテーブルが四つほどの狭い店だ。だが、さすがに一流好みの榊の好きな店らしく、インテリアは茶と金を基調にまとめてあり、高級感が漂う。調度品はすべてオーク材らしい。壁にはずらりとスコッチが並んでいる。店にはほかにはカップルが一組いるだけだ。榊は一番奥の、ふたり掛けの丸テーブルに奈津子を案内する。脚の長い丸い椅子で、そこに座ると奈津子の足は床に届かない。

「いつもの」

と、榊はカウンターのバーテンに声を掛ける。

「君はカクテルがいいかな？　ここは五百種類以上、あるんだが」

榊がメニューを示して言う。いくつものカクテルの名前が並んでいる。オリジナルも少なくない。

「ここのバーテンは、カクテルの全国大会で優勝したこともあるんだよ」

「そうですか。でしたら、お店のオリジナルの方がいいかしら」

「じゃあ、このお店の名前のついたスペシャルでも？」

「それでお願いします」

「じゃあ、スペシャルを」

榊が声を掛けると、「かしこまりました」というようにバーテンが頷《うなず》く。

「今回は本当に世話になった。ありがとう」

「いえ、そんなこと。担当として当たり前のことをしただけですから」

「いや、それ以上だ。正直に話してくれたことがいろいろヒントになったし、君自身の存在が小説を書くうえでの女神《ミューズ》となってくれた」

「ミューズ？」

「イメージの源泉さ。君という存在が僕の創造性を刺激して、物語を編み出してくれる」

「そんな。私自身は平凡な女です。もし何かそこに見出《みいだ》されたとしたら、それはすべて先生御自身のお力です」

「そんなことはない。物語というのは作家が考えて作り出すものではない、と僕は思うんだよ。イメージというのはいつも外からやってくる。僕はそれを受け取って、ただ書き記すだけだ」

あまりにも抽象的な榊の言い回しは奈津子にはよく理解できなかった。答えようがなくて黙っていると、ウエイターが飲み物を運んでくる。奈津子の前に細長いグラスに入ったミントグリーンのカクテルが置かれる。

「まあ、綺麗」

ラムベースの甘いカクテルだったが、ミントのさわやかな風味が利いている。

「さっぱりして美味《おい》しい」

「ほかにもいろいろあるから、試してみるといい」

「はい。でも、あまり呑みすぎないようにしなければ。カクテルは意外と回りますから」

「いいんだよ、酔っ払っても。酔った君も、とても愛らしい」
そう言いながら榊はテーブルの上に置かれた奈津子の手に自分の指を絡めた。奈津子は榊の指を柔らかく外してグラスに手を掛ける。

「今回は本当にうまくいった。自分でもよく書けたと思う。できれば、次回も君のイメージで書きたい」

「そんな……。次はうちの仕事ではないのでしょう?」
奈津子は困惑した。いつもよりあからさまに自分を口説こうとしている。断られることなどありえない、と思っているようだ。

「そんなことかまわない。君からイメージが受け取れる間は、君をずっと眺めていたい」
そうして榊は奈津子を熱っぽくみつめる。奈津子は思わず目を逸らしてカクテルを呑み干す。緊張で喉《のど》がからからだった。

「どうしたの?」

「いいえ、喉が渇いて……」
この自信はどこからくるのだろう。インタビューでいろんな話をしたこと、仕事として一生懸命やったことが、榊への個人的な好意と誤解されたのだろうか。

「じゃあ、お代わりは？　次は別のカクテルにする？」

「おまかせします」

バーテンにオーダーを告げると、ウエイターがテーブルのグラスをさげた。空になった奈津子の右手を榊が強く握る。今度は逃れられない。榊は奈津子の右手を温めるように両手で包み込む。

「君は、どんな男性に惹《ひ》かれたの？」

「えっ？」

「言っていたじゃないか。結婚した後で、恋しいと思う相手との出会いがあったって」

小説のインタビューで話したことを指しているのだ、と奈津子は気がついた。

「それは……」

「それは最近のことじゃないの？」

しまった、と奈津子は思った。この人はやっぱり誤解したのだ。私が思う相手というのが、ほかならぬ自分のことである、と。恋愛感情を持っていたのに、勇気がなくてもう一歩が踏み出せなかった。それは事務所で榊に誘惑された時のことを指しているのだ、と勘違いしたのだろう。

「どうでしょう。ご想像におまかせしますわ」

この人のプライドを傷つけずに誤解を解くにはどうしたらいいのだろう。奈津子は必死で考えるが、いい考えが浮かばない。奈津子の困惑を別の意味に取ったのか、榊はさらに言葉で詰め寄る。

「君は家庭のことを考えて行動には踏み出せない、と言ってたけど、そちらの方がむしろ罪深いよね」

「どうしてですか？」

「だって、そうだろう。恋することは本能だ。時代や場所で在り方が変わる結婚制度のような決まりごとより、はるかに原初的で根深いものだ。それに逆らうことは、人として生きることを放棄しているのと同じだ」

「そんな……」

ウエイターが新しいカクテルをテーブルに置く。今度はオレンジ色のカクテルだ。

「君は、肉体的にも相手に惹かれていると言ったね。行動には出なくても、その男と寝ることを何度も想像しただろう。想像の中ですでに君は姦淫《かんいん》しているはずだ。それが君の真の欲求だから」

奈津子はカクテルを口に含む。口当たりはミモザに似ているが、酒がもっと強い。ジンがベースになっているのだろうと思う。

「先生は想像力が豊かすぎますわ」

榊の手はいつのまにかテーブルの下にまわり、奈津子の膝を撫《な》で始めた。タイツ越しに榊の手の熱さが伝わってくる。

「眼力もね。職業柄、自信はあるんだよ」

答えようがなくて、奈津子はただカクテルを呑むことしかできない。黙っていると榊の手がスカートの中の太腿《ふともも》の方へじわじわ上がっていくのを感じる。パンツスーツを着てくればよかった、と後悔する。今日はお気に入りの若草色のニットのツーピースだ。柔らかなニットでは、そうした攻撃をとても防ぎきれない。

「自分に正直になりたまえ」

榊の目が濡れたように妖《あや》しい輝きを放つ。太腿に置かれた手がじっとりと熱を帯びる。

「すみません、ちょっと化粧室へ」

耐えられなくなって、奈津子は椅子から立ち上がった。

化粧室に入ると、途端に頭がくらくらきた。最初に日本酒、次にシャンパンとウィスキー、そしてカクテル。榊の奨《すす》めを断りきれず、いろいろな種類の酒を飲んだので、思ったより回りが早い。

これはまずい。榊はすっかりその気のようだ。おまけに酔いが回っている。このままでは誘惑を拒みきれないかもしれない。

どうしたらいいのだろう。酔いが回っていて奈津子は考えがまとまらない。

『あの男があなたを困らせたら、すぐに連絡ください。無茶なことはしないで』

関口の言葉が脳裏をよぎる。

『甘えてもいいじゃないですか。相手が僕なんだから』

そうだ。ここで榊聡一郎と関係を結ぶくらいだったら、なんのためにあの人の誘いを拒み続けたのか。夫がいるのに抱かれたいと思った、ただひとりの男だったのに。

自分に正直になろう。

榊聡一郎とは絶対、寝たくない。あの人に、ここから助け出してほしい。

半分泣きそうになりながら奈津子はバッグに手を突っ込むと、携帯電話を取り出した。リストの中から、別れても消せずにいた関口の携帯の番号を呼び出す。

「雨宮さん？」

名乗る前に、関口が問い掛ける。その声を聞いて奈津子はほっとした。

「ええ」

「やっぱりまずいことがあったのですね」

「今日の榊さんはちょっと怖い。かわしきれる自信がありません。それに、私も少し酔ってしまったし」

「今、どこですか？」

「銀座の六丁目の辺り」

奈津子は店の詳しい場所と名前を告げる。

「わかりました。三十分、いえ、二十五分で行きますから、それまでなんとかなりますか？」

「ええ。待っています」

「じゃ、すぐに」

そう言って、関口は電話を切った。奈津子は安堵の溜息を漏らす。

あの人が来てくれる。私のために。

私を、ここから救い出してくれるために。

胸が温かくなった。奈津子は目を瞑《つぶ》ってその温かさを嚙み締めていた。

「大丈夫か？　そろそろ帰ろうか」

しばらく化粧室に籠って、やっと席に戻ってきた奈津子に榊が声を掛ける。

「いえ、せっかくですから、カクテルをもう一杯いただきます」

「そうか。何がいい？」

「何か甘いのを。そう、カルーアミルクをください」

榊もスコッチをもう一杯注文する。

「ところで、先生、今回、装丁についてのイメージはありますか？」

奈津子は榊のペースに巻き込まれないよう、自分から話題を振ることにした。

「そうだな、全体を鴇《とき》色で覆ったようなカバーがいいと思うんだが……」

「鴇色？」

「薄いピンクのような色だ。薔薇《ばら》色とも言う。もとは朱鷺《とき》の風切羽《かざきりばね》の色から取ったそうだが」

「すみません、勉強不足で。でも、なぜその色を？」

「僕にとっての君のイメージカラーだからさ。前にそんな色の服を着ていただろう？　あの印象が強烈だった」

最初に関口に勧められて買ったドレスのことだ。その時のことを思い出して奈津子は頬を染める。あれは幸せな時間だった。

　そんな奈津子の態度を見て、榊は舌なめずりをしそうな顔になっている。

「綺麗な本にしたい。考えているのはそれだけだな」

　カクテルが届く。カルーアミルクのこってりした甘さが口の中に広がる。

「だが、なにより君に原稿を読んでもらいたい。早く君の感想が聞きたいよ」

　再びテーブルの下に榊の手が伸びてきた。最初はスカートの上から膝を撫で、それからスカートの下に指を滑らせ、太腿の方へと上ろうとする。奈津子はスカートの上から榊の手を押さえ、上がってくるのを阻止した。止められた榊の手は膝の上あたりをゆっくり撫で回す。テーブルの下でそうした攻防戦があっても榊は表情を一切変えず、かえって奈津子の抵抗を楽しんでいるようだった。

「そろそろ行こうか?」

「でしたら、お水を一杯。それから、すみません、化粧室にもう一度」

　奈津子はグラスの水をゆっくりと呑み干し、再び化粧室へ行った。足取りがふらついているのが自分でもわかる。化粧室でゆっくり化粧を直し、時間を稼ぐ。

　電話してからまだ二十分くらいしか経《た》っていない。あの人は間に合うだろうか。

　化粧室から出ると、榊がすでに支払いを終えて奈津子を待っていた。そのまませきたてるようにバーを出る。階段を下りると、奈津子に眩暈《めまい》が襲ってきた。

「すみません、ちょっと眩暈が」

「それはいけないね。どこかで休んでいこうよ」

榊が意味ありげに微笑んで、奈津子の肩に手を回す。

「いいえ。すぐに収まりますから。だけど、今日はここでもう失礼させてください」

奈津子は榊の腕を逃れようと身を捩りながら、必死の思いで懇願した。

「夜はこれからじゃないか。ゆっくり楽しもう」

そう耳元に囁《ささや》くと、榊は奈津子を抱えるようにして大通りに出た。外は風が刺すように冷たい。榊は歩道から身を乗り出すようにしてタクシーを止めた。

「さあ、乗ろう」

榊が抵抗する奈津子の腕を引っ張って、タクシーに押し込めようとする。

「雨宮さん、大丈夫ですか?」

ふいに後ろから声がする。関口だ。走ってきたのかストールが乱れ、息が上がっている。

驚いたのか、榊が奈津子の腕を放す。その隙に奈津子は榊から離れ、関口の方に身を寄せる。

「関口さん」

奈津子は震える手で関口のコートの腕を摑《つか》む。

「ごめんなさい、こんなところまで……」

関口は奈津子を自分の後ろにかばうようにしながら、榊に話し掛ける。

「申し訳ありません。雨宮はこんな調子なので、今日のところは勘弁してやってください」

榊はぽかんと関口を見ていたが、すぐにはっとした顔になった。

「そうか。おまえがそうだったのか」

そう言って榊は鋭い目で奈津子を見た。奈津子は安心しきったように関口に身体を預けている。

「は？」

関口はなんのことかわからない、という顔をわざとしてみせる。

「なるほど。それでわかった」

夫以外に奈津子が惹かれた相手、それは自分ではなく、目の前の関口だった。ようやくその事実に気がついた榊の顔は、羞恥と嫉妬に歪んでいる。

「なんのことですか。それより、とにかく今日はここで失礼させてください」

関口が断固とした調子で榊に言い放つ。

榊はむっとした顔で睨《にら》むが、関口は目を逸らさない。しばらくそうして睨み合っていたが、やがて諦めたように榊は表情を和らげた。

「まあ、いいだろう。今日のところは」

榊はタクシーに乗り込む。肩をいからせ、背筋をぴんと伸ばして精一杯のプライドを示す。こんなことはなんでもない、とふたりに見せつけるかのように。

運転手に行き先を告げた後、榊は自分でタクシーの窓を開けた。

「じゃあ、また会おう」

関口に向かってそう告げると、意味ありげに、にやっと笑った。

14

榊を乗せたタクシーが走り去るのを、関口は黙って見送る。タクシーが視界から消えると、ようやく奈津子の方を向いた。

「大丈夫ですか?」

「ええ。でも、ごめんなさい。結局、あなたを頼ってしまって」

「いいんです、そんなこと。それより間に合ってよかった」

奈津子は大きく息を吐いた。まだ頭の芯がくらくらする。最後に飲んだカクテルが効いているらしい。

「しっかりして。少しそこで休みますか」

関口は傍にある喫茶店を指し示す。

「いえ、そろそろ終電の時間なので、帰らないと……。きっと歩いているうちに酔いも醒めると思います」

「東京駅ですか」

「ええ。有楽町まで歩いて、そこから東京駅まで行きます。東京始発でしたら、一本見送れば座って帰れると思うので」

「じゃあ、そこまで送りましょう」

「でも、ご迷惑では……」

「今さら何を言ってるんですか」

関口が苦笑いを浮かべながら抗議する。

「そうですね。無理に呼びつけといて、何を言ってるんでしょう。ほんとに、今日は私、だめだめです」

しゃべってる間も奈津子の身体はふらふらと左右に揺れている。関口が奈津子の腕を取って支える。

「さあ、行きますよ。いいですか?」

奈津子の腕に自分の腕を絡めると、ゆっくり関口は歩き出した。奈津子は関口の腕に凭れかかるようにして歩いた。まわした腕から関口の体温がじわじわと伝わってくる。

何か言おうとして、奈津子は何も言えなかった。

別れると自分から言っておいて、結局は関口を頼ってしまう身勝手な自分。それでも、来てくれる関口の優しさ。妻でもなく、恋人とも言えない、こんな自分のために。

愛おしさと申し訳なさで胸が張り裂けそうだった。

銀座通りをふたり並んで歩く。大通りではこの時間でも車や人の行き来が絶えない。車の音やざわめきを感じながら、奈津子は一足ごとに確信する。

私はどうしようもなくこの男が好きだ。

会わなかったこの四ヶ月が、かえって想いを深くしている。

胸が詰まって歩くことができなくなった。

「どうしました?」

関口が心配そうに覗き込む。奈津子の目から涙が流れているのに気づくと、ポケットからハンカチを取り出して手渡した。奈津子は黙ったまま受け取って涙を拭く。銀座通りを行きかう人たちが、ちらちらとこちらの方を見ながら通り過ぎていく。

「あなたは……泣いてばかりいる」

関口の腕が持ち上がって奈津子を抱きしめようとした。しかし、奈津子は身体を捩ってその腕から逃れる。

「やめて。これ以上、優しくされたら、私、どうしていいかわからない」

もし、このまま抱き合ったらキスを求める。そして、今度、そういうことになったら、もう気持ちを押し止《とど》めることはできない。熱情の赴《おもむ》くまま、行くところまで行ってしまうだろう。この男のために、家庭も仕事もすべて投げ捨ててしまうだろう。

「ごめんなさい」

関口は何か言いたげだったが、黙って腕を下ろすとポケットの中に手を突っ込んだ。

「あなたに会うと、私はつい甘えてしまう。こんなふうにあなたを頼ってはいけないのに」

「いいじゃないか、あなたの力になりたいというのは、俺の勝手なおせっかいなんだから」

「それが、かえって辛い。あなたの期待に応えられないから」

「それでもかまわない。あなたが苦しむ姿を見たくない。あなたが必要なら……俺はいつでもそばにいる」

奈津子は嗚咽《おえつ》しそうになったが、歯を食いしばってそれに耐えた。強く両の拳《こぶし》を握り締め、目を瞑って大きく深呼吸する。

「もう連絡はしません。明日からは、何があっても自分だけでなんとかします。……前は、ずっとそうやってきたのだから」

関口の顔が悲しそうに歪む。

「さようなら。もう行きます」

ひとりで歩き出そうとする奈津子の袖《そで》を、関口が引っ張って止めた。

「待って。東京駅まで送ると言ったでしょう?」

「だけど……」

「今日はもう、会ってしまったんだ。最後まで見送らせてください」

奈津子は何も言えずに立ち尽くした。涙が静かに頰を伝う。関口は奈津子の腕に自分の腕を絡めた。

「行きましょう」

促されて歩き出した奈津子の目の前に、白いものがちらついた。

「これは？」

「雪だな。天気予報が当たったみたいだ」

はらはらと降り始めた雪が、やがて確かな密度のある白い固まりとなって辺りに降り注ぐ。四丁目の交差点を渡り、数寄屋橋の方へと進んでいく頃にはすっかり本降りになっていた。人々は雪から逃れるために地下道の入り口へと避難していく。しかし、奈津子と関口はそのまま歩き続けた。頭に、肩に、雪が降りかかる。ふたりとも、それを払おうともしなかった。

このまま雪がすべてを包み込んでしまえばいいのに。

奈津子は祈るように思う。

ふたりの思い出も、あふれる想いも、痛みさえも。

全部この雪が覆い隠してしまえばいい。

映画館のあるツインタワーの間を通り、新しいビルと果物屋の間を抜ける。駅の改札に着く頃には、地面は溶けた雪で黒く濡れていた。改札を抜け、階段を上がっていく。山手線のホームは吹きさらしで雪が舞い散っている。ホームで待つ大勢の人々はじっとそれに耐えていたが、電車が着くやいなや我先にと電車の中に突き進む。後ろから乗り込む人の勢いに押されて、奈津子も関口といっしょに電車へと押し込まれる。関口の胸にぴったりとくっついた姿勢で固定され、そのまま電車は動き出す。頭ひとつ背の高い関口の息遣いを奈津子は額に感じる。奈津子は身体を強張らせた。東京駅に着くまで奈津子は息を吐くこともできなかった。

東京駅で山手線を降りると、関口も続いて降りてくる。

「もうここで。関口さんは渋谷まで行くのでしょう?」

関口の自宅は渋谷から私鉄に乗り換えて数駅下ったところにある。

「雪の影響が出る前に帰った方が……」

気遣う奈津子を制して、きっぱりした口調で関口が言う。

「いいえ、あなたが電車に乗るところまで送ります」

「でも、私の乗るホームは少し距離がありますよ」

「いいんだ。今度はいつ、こうしていっしょにいられるか、わからないから」

それを聞いて奈津子はまた泣けそうになった。今日で本当に最後だ。こうしてふたりで歩くことは、もう二度とないだろう。

関口は奈津子の腕を取った。黙ったまま階段を下り、ホームに続く長い通路を歩いていく。ひとりで歩く時は長く感じられる道のりも、こんな時にはあっという間だった。電車に乗る列にふたりは腕を組んだまま並ぶ。一本目を見送り、二本目の電車が着くと、人の流れに押されるようにして奈津子も電車の中へと吸い込まれていく。関口は後ろに下がって人の流れをやり過ごす。

車内は真ん中の通路を挟んで両脇に、向かい合って座る四人掛けの座席が並んでいる。奈津子は運よく車両の真ん中あたりに空席を見つける。窓際の席に座ると、窓の外に関口の姿を探す。関口は奈津子の座席のそばに近づいてきて窓越しに小さく手を振る。その目があまりにも優しいので、奈津子はまた泣きたくなった。涙をいっぱいに溜めながら、奈津子は懸命に目を見開いた。関口の顔を、表情を、ずっと目に焼き付けてしまいたい、というように。関口はそんな奈津子を見て柔らかな笑みを浮かべた。

ベルが鳴って電車が動き出す。あっという間に電車はスピードを増し、関口の姿を視界の外へと置き去りにする。姿が見えなくなっても奈津子は身動きひとつできず、じっと窓の外を眺めていた。

「そこ、空いていますか」

後ろから声がする。奈津子の前は空席だった。

「どうぞ」

と言って、奈津子はなにげなく声のした方を向く。そして、思わず声を上げそうになった。声の主は夫の克彦だった。抑え切れない怒りを体中に滲《にじ》ませ、克彦は静かに奈津子を睨んでいた。

「あの男は何なんだ」

二階の寝室に入ると、克彦がすぐに詰問した。いつものように冷静な口調で話そうとしているが、声が震えている。

電車から家までの長い道のりの間、克彦は不気味なほどの沈黙を守っていた。家に着くと出迎えた母親に挨拶もせず、そのまま奈津子の腕を取って二階の寝室に上がってきた。部屋の鍵を掛け、誰にも邪魔されない状態になって初めて奈津子に声を掛ける。克彦らしいやり方だ、と奈津子は思う。

「あれはおまえの浮気相手なのか」

「違う。今日、接待で飲みすぎたので、あの人が心配して送ってくれただけ」

言い訳しながら、今朝、出掛けに克彦が『丸の内で友人と会う約束がある』と言っていたことを、今さらながら思い出していた。

しかし、よりによってこんな日に会うなんて。あの人と二度と会わない決意をして、別れを惜しんでいるところを見られてしまうなんて。

まるで悪い冗談のようだ。

「俺の目が節穴だと思っているのか」

込み上げる怒りと必死で戦っているような克彦の声。

「ただの同僚と腕を組んで歩くのか。名残り惜しそうに電車を見送るのか。おまけにお前は……男の前で涙を流していたじゃないか」

やっぱりずっと見られていたのか。奈津子は一縷《いちる》の望みが打ち砕かれたような気がした。

「おまえが最近ずっとへんだったのは、あの男のせいか。服装が派手になったり、髪型が変わったのも、あの男のためか」

「誤解しないで。あの人とはそんな関係じゃない」

無駄だと思いつつ、奈津子は弁明する。自分と関口のことをなんと説明すればいいのか。キスをした。でも、寝ることはなかった。恋人とも言えない。それでいてふたりはもう終わったのだ。

「じゃあ、どんな関係なんだ」

「あの人は営業部の人で、仕事で困った時にいろいろ助けてくれて……」

「親切にされて、ほだされたというのか。それでつい、やってしまったというのか」

「そうじゃない。あの人とは何もない。あなたや理沙がいるのに、そういう関係にはなれないわ」

「寝ていなければいいと言いたいのか」

克彦の声にはぞっとするような響きがあった。奈津子は気圧《けお》されて黙り込む。

「おまえはあの男を好きなんだろう？　あの男と寝たいんだろう」

「そんな……」

「さっきのおまえの顔はそうだった。この男が恋しい。やりたい。浅ましいほど、おまえの考えが透けて見えた」

きっと、そのとおりだ。奈津子は絶望的な思いにかられる。あの時の自分は無防備に関口への好意を露《あらわ》にしていたにちがいない。関口もそうだった。それを見られてしまったら、何を言っても無駄だろう。

「あの男は、おまえよりずっと年下だろう？　若い男のフェロモンにやられたのか？　俺とは寝なくても、あの男とは寝たいんだろう？　どうなんだ」

肯定しても、否定しても、克彦は納得しないだろう、と奈津子は思った。

「答えろよ」

克彦が奈津子の胸倉を乱暴に摑む。

「答えろよ、どうなんだ？」

奈津子は黙ったままだ。その態度がさらに克彦を苛立たせる。

「奈津子！」

克彦に詰め寄られ、奈津子は仕方なく答えた。

「でも、一番大事なのはあなただわ」

「違う、おまえが大事なのは、妻の座だ。俺じゃない」

「そんなことないわ」

そう言った途端、左の頰に痛みを感じた。克彦が拳で殴りつけていた。さらに右の頰も。

「俺が大事だったら、なんでほかの男に色目を使う？　いい加減なことを言うな！」

肩を摑まれ、後ろの壁に叩《たた》きつけられた。壁がどすんと音を立てる。奈津子は背中の痛みに息が詰まり、ずるずると尻から床に滑り落ちた。足がコードに引っ掛かってサイドテーブルの上のランプが床に落ちる。ガラスが割れて激しい音を立てた。床に倒れた奈津子の腕を、克彦が手荒に引っ張る。

「やめて……」

奈津子は上半身を起こしながら、反対の手で克彦の腕を振りほどこうとした。それが逆に克彦を刺激したのか、奈津子の体を再び床に押し付けると、そのまま馬乗りになる。克彦の右手が持ち上がる。殴られるかと思った奈津子は、反射的に両手を顔の前にクロスさせた。克彦の顔が歪み、行き場の無い右手を無防備な奈津子の首に掛けた。さらに左手も。そのまま両手に力を込めて絞め上げる。強い圧迫を首に受け、奈津子は息ができない。

苦しい。

克彦の顔が近くに見える。憤怒《ふんぬ》にかられたその目。真っ赤になった顔。克彦の指にさらに力が籠る。苦しさのあまり、奈津子の腕が空を泳ぐ。

突然、激しくドアを叩く音がした。

「克彦、克彦、開けて。何があったの?」

多恵の声だ。克彦は、はっとして奈津子の首から手を離した。首の圧迫が急になくなって、奈津子は激しく咳《せ》き込んだ。

「克彦、開けてちょうだい」

多恵の呼びかけは続いている。

「俺は、なんてことを」

怯《おび》えたような顔で克彦は自分の手をみつめていたが、

「すまん」

そう言って、奈津子の上からゆっくり立ち上がった。そのまま奈津子の視線を避けるようにドアのところに後じさり、後ろ手で鍵を開けると、そのまま部屋を出ていった。

「克彦！　あなたどうしたの？」

ドアの外で多恵が何か話し掛けている声がする。克彦の声は聞こえない。そのあと、ばたばたと遠ざかっていくふたつの足音がした。奈津子はまだ咳き込んでいた。

こんな克彦を自分は知らなかった。感情よりも理性の勝った人だと思っていた。その冷静さが頼もしくもあり、感情に乏しいとさえ思っていたのに。

いや、これが本当の克彦なのだろう。強い怒りに、我を忘れるほどの激しさ。そんな自分を見せたくないから、理性的な仮面を被《かぶ》っているのだろう。

その仮面を剝がしたのは自分だ。

咳がようやく収まって、奈津子は床から半身を起こした。まだコートも脱いでいないことに、その時、気がついた。座ったままコートから腕を抜き取ろうとしていると、ノックの音が聞こえた。

「あたし。開けてもいい？」

理沙がおずおずと呼びかけている。慌ててコートを着なおし、襟元を立てて首を隠した。絞められていたのはほんの数秒だが、もしかしたら、痕《あと》が残ったかもしれない。それだけは理沙には見られたくない。

「どうぞ」

と返事すると、理沙が心配そうな顔で部屋に入ってくる。

「何があったの？　おばあちゃんも心配しているよ」

「ごめんね。ちょっとパパと喧嘩《けんか》して。でも、もう終わったから」

終わった。何が終わったのだろう。

理沙を安心させるために言った言葉が、逆に奈津子の胸を衝く。自分と夫の間にあった何かが確実に終わった。いや、実はとっくに終わっていたことに、今まで気がつかなかっただけかもしれない。

「喧嘩って、どうして？　今まで一度も喧嘩したことなんかないのに」

確かにそうだ。いつもの克彦とは喧嘩にならない。嫌なことがあると黙って自分の部屋に引き籠り、自分の感情が鎮《しず》まるのを待つ。それがあの人のやり方だったのに。

「頬が腫《は》れている。まさか、パパが……」

「ええ。でも、仕方ないの。私が悪いから」

自分の受けた痛みより、克彦の胸の痛みの方がきっと強い。

「悪いってどういうこと？　あの男の人のこと？」

理沙の勘は鋭い。やはりごまかしきれない。

「やっぱりあの人と何かあったの？」

「いいえ」

「じゃあ、どうして」

「何かあるとか無いとかの問題じゃないわ」

「どういうこと？」

「ほかの人をパパより好きになったこと、それがもういけないことなの」

理沙は黙っている。

「人の想いは怖いものよ。理性ではどうしようもない。本当に、この年になっても自分の感情をうまく扱えない」

そう言った途端、関口の顔が浮かんだ。

窓の外から自分を見送った優しいまなざし。

そうだ、こんなことがあっても、まだ自分はあの人への想いを捨てられない。この瞬間にも、あの人のもとへ飛んで行きたいのだ。

涙が頬を伝う。それに気づいた理沙が、そっと奈津子の背中をさする。その手の優しさに、奈津子はいっそう胸が締め付けられる。

「ママ、大丈夫?」

自分をいたわる娘の優しい声色。ついに堪《こら》えきれなくなった奈津子は、床に顔を伏せ、声をあげて泣いた。涙と共に強い情動が、腹の底から突き上げてくる。

暴力を振るった克彦への怒り、それを引き起こした自分への憤り。長年、積み上げてきた何かを壊した嘆き。虚《むな》しさ。それでも、関口への想いを断ちきれない絶望。

死んでもよかった。彼を愛することが罪だというなら、その想いといっしょに消えてなくなりたかった。

涙が止まらなかった。蹲ったまま、奈津子は号泣した。理沙は黙って母親の背中をいつまでも撫でていた。

15

翌朝、克彦は奈津子に謝った。

「俺が悪かった。もう二度とあんなことはしない」

克彦は赤い目をしていた。前の晩は書斎から戻らなかった。おそらくほとんど寝ていないのだろう、と奈津子は思った。

克彦が本気で自分を殺そうと思ったわけではない。発作的な行為だ。それがわかっていたから怖くはなかった。しかし、奈津子も一睡もできなかった。

「悪かったのは私の方だわ。私の方こそ、ごめんなさい」

それ以上の話はしなかった。できなかった。言葉で何を言っても失った信頼は戻らない。言葉を重ねるだけ虚しい。克彦も同じ思いだろうと奈津子は確信していた。こういう考え方だけは、昔から奇妙に一致する。

そして克彦も奈津子も普段どおりに朝食を食べ、出社のための身支度をする。念入りにファンデーションを塗って、昨日の痕跡を目立たないようにする。時折、理沙や多恵が不安げなまなざしをふたりに向けるほかは、いつもどおりの朝だった。お互いが相手を許したように見える。

だが、奈津子にはわかっていた。もし、本当に相手を許したとしたら、それは無関心だからだ。相手とまともに関わろうとすれば簡単には終わらない。もっと苦しむ。苦しみたくないから、相手の過ちを見ないようにする。その原因を作った自分自身の不実にも気づかないふりをする。

今までもそうしてきた。長い間そのやり方を続けてきたために、それが倣《なら》いとなって、もはや簡単には変えられない。昨日のようなことがあってさえ、そうなのだ。そのために、どうしようもなく自分たちの心は渇いている。それに自分は気づいてしまった。

それでも、いつもどおりの朝を過ごす。いつもと同じ時間に家を出て、会社へと向かう。昨日の諍《いさか》いなど、なかったことのように。

『感情よりも経済や習慣や惰性の方が結婚生活の継続には大事なんだ』という関口の言葉が、結局は正しいのかもしれない。そんなことを思いながら奈津子は電車に揺られていた。

そう、日常は続くのだ。なにごともなかったかのように。

奈津子は会社に着くと、榊から受け取った原稿を読み始めた。その日の夕方には榊の事務所に出向き、原稿の感想を告げる段取りになっていた。昨晩、セクハラまがいの迫り方をされた男と、今日は仕事の顔で打ち合わせするのだ。それまでになんとしても原稿を読み終えて、自分の意見をまとめておかなければならない。

これが自分の仕事だ。これが自分の日常だ。

なんのために続けるのか、なんのために自分の気持ちを押し殺すのか、自分でもわからない。まるで泥の中を歩くように足取りは重い。だけど、歩き続けなければならない。とにかく日常は続いているのだから。

「期待以上に素晴らしい出来でした。主人公の感情がリアルで、思わず引き込まれました。最初は自分の恋愛感情に戸惑っていた主人公が、作家への肉体的な欲望を自覚するところから、だんだん変わっていくあたりなど、本当に生々しくて……」

「そうか、君がそう思ってくれるのは嬉しいよ」

「最初は『情事の終わり』というタイトルが正直、ピンと来なかったのですが、最後まで読んで腑に落ちました。夏子にとって情事はただの情事ではない。自立した人間として生まれ変わるための通過儀礼だったのですね。一方で情事を情事としてしか捉《とら》えることができなかった男の方は、結局置き去りにされる。同じ時を過ごしても、男と女では受け取るものが違う。その事実が、これほど胸に迫る小説は初めて読んだ、と思いました」

榊がにこにこしながら聞いている。昨日、銀座で奈津子を口説いたこと、関口と火花の散るようなやりとりがあったことなど忘れてしまったかのようだ。いかにも大作家という鷹揚《おうよう》な態度で、奈津子の相手をする。榊の隣には伊達が気配を殺して座っている。秘書らしい、控えめな態度で。

「後半の展開はどう？　不自然な感じはしなかった？」

「素晴らしいと思います。作家との情事がばれて夫に詰め寄られた主人公が、長年の鬱屈を吐き出すところがすごい迫力で。まるで作家が実際にこういう経験をされたのか、と思うほどでした」

自分自身も同じだ。顔に笑みを浮かべ、作品の素晴らしさを称賛する。編集者として期待される役割を演じている。

しかし、書かれている主人公は自分がモデルとなっているのだ。容姿や服装だけでなく、作家に迫られた時の様子、しゃべった言葉など、現実そのままだ。本当だったら、もっと動揺するとか、読むのが辛いとか、何かあるはずだ、と思う。だが、何も感じない。好きとか嫌いとか、嬉しいとか悲しいとか、そういった感情が凍りついてしまったみたいだ。

いい作品に仕上がっている。女性の視点で描いたことが成功しているし、現実を基にした生々しい描写が作品に力を与えている。これは榊の新しい代表作になるだろう。

それならそれでいい、と他人ごとのように思う。

「では、この形で進めさせていただきます。これが出たら先生の新境地を拓《ひら》いた作品として、きっと評判になります。本当に反響が楽しみですね」

「ありがとう。これも、雨宮さんのおかげだ」

榊がにこやかに礼を言う。

「そうですね。今回は雨宮さんにはたいへんお世話になりましたから、ぜひ、お礼をさせていただかなければ」

と、伊達も言う。

「そんな、それが私の仕事ですから」

「いいえ、雨宮さんには普通の編集者の仕事以上のことをしていただきました。今回はぜひ、私どもの方で一席設けさせてください」

「打ち上げでしたらこちらで準備させていただきます。先生の方でそのようなお気遣いは……」

「そうだね。あの店がいいんじゃないかな」

榊は青山の有名なフレンチレストランの名前を挙げた。

「あそこは先生のためだったらいつでも都合をつけてくれますしね。あとで確認を入れて連絡を差し上げますが、仮に三日後の金曜日はいかがでしょうか。戸田さんや久世さんもお呼びして……」

「ありがとうございます。そういうことでしたら、ぜひ……」

自分だけが招待されるのではない、と知って奈津子はほっとした。さすがに榊とふたりだけで会うのは苦痛だった。

「そうそう、イベントでお世話になった関口さんにもぜひ来ていただきたいと思いますので、忘れずにお声を掛けてくださいね」

伊達の口から関口の名前が出て、奈津子はぎくりとした。

「関口も、ですか。そんなに大人数で伺っては、さすがにご迷惑ではないかと……」

「いや、かまわない。ぜひ関口くんには来てほしいんだ」

何食わぬ顔をしていても、やはり榊は忘れていない。食事会の時に、何かを仕掛けてくるつもりなのだろうか。奈津子は胸の底が冷たくなる思いだった。だが、榊も伊達も普段と変わらぬ微笑を浮かべている。

「わかりました。こちらの方はなるべくそのメンバーで伺わせていただきます」

奈津子は平静を装って返事をした。そして、そのまま席を辞す。玄関まで送った伊達が、帰り際に奈津子に声を掛ける。

「じゃあ、お気をつけて」

なにげなく放たれた挨拶が食事会のことを指しているようで、奈津子は陰鬱な気持ちになった。

会社に戻ると奈津子は久世課長に食事会の件を報告した。課長は奈津子の鬱屈など知るよしもなく、上機嫌で答えた。

「金曜日とは急な話だね。まあ、せっかくの先生からの申し出なんだから、ありがたく伺おうよ。だけど、わざわざ関口くんにも来てほしいってどういうことなのかな」

「さあ、私にもわかりません」

「まあ、いいか。とにかく君の方から部長と関口くんに連絡して、予定を確認してくれ」

「わかりました」

奈津子は関口に内線を掛けようと思って手を止めた。「もう連絡をしない」と言ったのは昨日のことだ。仕事の連絡だから仕方ないとは思いつつ、平静に話せる自信もない。結局、メールを出すことにした。必要最低限の要件だけを書いて送った。関口からはすぐに返事が来た。

『昨日の今日のことなのに、榊さんからもう連絡が来るとは思いませんでした。きっと何か企んでいるのでしょうね。その日は立川のO書房に出掛けるので三十分ほど遅れますが、必ず伺います。どうぞ、それまで気をつけて』

簡潔な文章だが、自分を気遣っているのがわかる。自分たちにしかわからない繋がりを感じる。駄目だと思いつつ、喜びが込み上げてくる。短いメールの文面を、奈津子は何度も何度も読み返していた。

榊が予約した青山のフレンチレストランは、名高いガイドブックでも星を獲得したという評判の店だ。当日、奈津子はお洒落《しやれ》をした。店の雰囲気に相応しい格好をというだけでなく、やっぱり関口の目を意識している。白いシンプルなラインのシルクのワンピースに、薔薇色のシフォンのストールを合わせた。華やかな衣装は気持ちを引き立たせる。こんな状況でなければもっと喜べたのに、と思う。

時間より早めに戸田部長と久世課長と奈津子の三人は到着した。入り口で榊の名前を出すと、すぐに奥の個室に通された。すでに榊と伊達は席に着いている。作家より遅く着いたことに恐縮しながら戸田部長が榊の正面に座り、その右手に久世課長、奈津子が左手に座ろうとすると、榊が呼び止める。

「いや、そこはあとから関口くんが来るだろう？　君はこっちに座りたまえ」

そう言って、自分の右隣を示す。

「わかりました」

嫌な感じがしたが、断る理由はない。奈津子は榊の横に座った。関口のために空けた席は奈津子の正面になる。こうして会食はなごやかに始まった。前菜がそれぞれの前に運ばれてくる。榊と戸田部長を中心に会話が進んでいく。最初は堅苦しい仕事の話はしない。最近の文壇の話題、知り合いの編集者の噂、会社の創業五十周年の特別企画の話。世間話のような話題が展開する。奈津子は榊の傍らで耳を傾けていたが、内心では入り口の方に神経を向けていた。関口がいつ現れるかだけを気に掛けている。

そんな思いを知ってか知らずか、榊が奈津子に尋ねる。

「ところで、関口くんは、まだかな?」

「三十分ほど遅れると言っておりましたので、そろそろだと思うのですが……。確認の電話をしてきます」

そう言って、奈津子は席を外した。廊下に出て携帯を掛けようとしていると、ちょうど関口が姿を現した。細身のシャドーストライプのスーツに臙脂《えんじ》のナロータイと、服装自体はいつもと変わらないが、歩きながら胸元にポケットチーフを差し込もうとしている。そこだけは食事会のための気遣いなのだろう。

「あ、よかった。みなさん、奥にいらっしゃいますよ」

「すみません、遅れまして」

そう言いながら顔を上げた関口の視線が、奈津子の顔の上でふと止まる。訝《いぶか》しげな顔をして目を凝らす。奈津子は顔を背けるが、関口は近寄ってさらにじっとみつめる。そして、驚いたように目を見張った。

「どうしたんですか、その頬。これは……誰にやられたんですか？」

夫に殴られた頬には青痣《あおあざ》が残った。髪型と化粧で目立たないようにしているが、関口のようにじっと観察すればすぐにわかってしまう。

「いえ、ちょっとぶつけたんです」

「嘘だ。これは殴られた痕だ」

関口が強い調子で詰め寄る。奈津子は答えられない。

「まさか榊さんに？」

そこまで言われて、奈津子は仕方なく答えた。

「いえ、夫に……。この前、あなたと東京駅を歩いているところを見られて、それで……」

それを聞いて、関口は自分が殴られたような顔をした。

「でも、たいしたことありませんから」

「そんなわけはないでしょう。こんな、痣が残るほど殴られて」

関口がさらに頬をよく見ようと手を伸ばした。奈津子がそれを避けようと身を捩る。その勢いで関口の指が逸れて、奈津子のストールに引っ掛かった。柔らかいストールはあっけなくほどけて、隠れていた首が剝《む》き出しになる。

白い喉にくっきりと残る青紫の指の痕。日にちが経つほどそれは鮮やかさを増して、ファンデーションをいくら塗っても消すことができなかった。

「これは、まさか」

それが何を意味するのか、関口は一瞬で悟った。顔色がみるみる青ざめる。

「俺のせいだ。俺のせいで、あなたは……」

「そんなことはない。あなたのせいじゃない。私が悪かったの。私が夫を怒らせたから」

奈津子は声を抑えて関口を宥めようとした。廊下には人がいないが、いつ、誰が通りかかるかわからない。しかし、動揺している関口にその言葉は届かない。

「俺は……あなたを大事にしたかった。俺と付き合うのが辛いなら、あなたから離れていようとさえ思った」

関口の顔が苦痛を堪えるように歪んだ。次の瞬間、奈津子は関口の両腕に抱きしめられていた。

「それなのに、どうしてこんなことになるんだ」

「関口さん」

「俺は、あなたを傷つけることしかできないのか」

奈津子は泣けそうになった。しかし、理性でそれを抑えつけ、関口の身体から離れた。

「私は大丈夫です。家のことですから、あなたは気になさらないで」

関口がひどく哀《かな》しげな目で奈津子を見る。奈津子は目を逸らして言う。

「どうぞ落ち着いて。今は仕事中ですから」

関口は大きな溜息を吐いた。奈津子は乱れたストールを巻き直す。関口がそれをじっと見ている。直し終わると、奈津子は関口の目を見ないで言った。

「みなさんが奥でお待ちです」

そう言って関口を促すと、先に立って歩いて行く。

「関口さん、お見えになりました」

「遅くなって申し訳ありません」

「いやいや、待っていたよ。さあ、そこに掛けたまえ」

榊は愛想よく関口に席を勧める。ウエイターが傍に来て関口のグラスにワインを注ぐ。

「遅れた分、早く取り戻しなさい」

部長も関口に皿の前菜を勧める。

「はい」

皿が次々と運ばれて、歓談はなごやかに続く。しかし、関口は黙りがちだ。奈津子は談笑に加わるふりをしながら、横目で関口の様子を確認する。顔色が悪い。接待の席にもかかわらず、もの思いに沈んでいる。食事にもほとんど手をつけていない。メインディッシュが終わり、デザートに続いてコーヒーが運ばれてきた。

「しかし、今回の小説はほんとに素晴らしかったです。これは絶対、大評判になる作品だと僕は確信しました」

「ヒロインの造形がいいですね。実にリアルで、こういう女性はいる、という感じがします。先生は以前、次の作品は普通の女性の視線で描くとおっしゃっていましたが、見事に形にされましたね」

話題はようやく榊の小説に移っていく。榊に急に会うことになり、久世も戸田も急いで原稿に目を通していた。今回の小説は、夫との関係に不満を持つ中年のヒロインが、ふとしたきっかけで無頼な作家と出会い、恋愛をして自分を解放していく、という物語である。作家との恋愛には結局、破れるが、家族を捨て、新しく自分の人生をやり直そうとヒロインが決意するところで終わっている。

「そうだとしたら、これは雨宮さんのおかげだ。彼女の協力のおかげで、ヒロイン像にリアリティが出たと思う」

「とんでもないです。私のしたことなど、全然……」

「そういえば、今回は雨宮をイメージして書く、とおっしゃっていましたね」

戸田部長が思い出したように言う。担当替えを榊が望んだ時、部長にそう言って直訴したのだ。

「それで、女性の心理が生々しく描かれていたのですか」

「まあ、本人そのままというわけではないがね。雨宮くんの言動がいろいろ作品に影響を与えてくれたのは確かだ」

「なるほど」

「だが、関口くんのことをもっと早く知っていれば、物語も違った展開になったかもしれないんだがな」

それまで心ここにあらずという様子だった関口が、榊の言葉を聞いてはっと正気づく。奈津子もぎょっとして榊の方を見る。

「それは、どういうことですか?」

戸田部長が無邪気に問い返す。

「いや、ヒロインの恋愛対象を、作家ではなく、営業部の年下の男にすればよかった、と思って」

「ほほう。でも、それでは物語としては地味なんじゃないでしょうかねえ。やはり作家との恋愛の方が、読者にも夢を与えるんじゃないですか? 相手が営業マンでは、そこらへんにありがちな……」

榊のあてこすりに気がつかない部長が言いかけると、榊が嫌味な口調で続ける。

「いや、次回作では、そういう話にしようと思っている。人生の中盤で、思いがけず年下の男性に迫られ、悩む潔癖なヒロイン。もちろん彼女には夫や子どもがいて、相手の男にも妻がいる。しかも、彼の妻は会社の重役の娘だ。恋愛を貫けば、仕事も家庭も失いかねない。しかし、思いはどうにも断ちがたく……」

「何を言いたいんです、あなたは」

たまりかねたように関口が大声を出した。危ない、と奈津子は思った。今の関口には、榊の挑発を受け流すことができないかもしれない。

「いや、次回作の話だよ。取り掛かることになったら、次は君にも協力してもらいたいな」

久世と戸田が顔を見合わせた。榊の話が、関口と奈津子に対するあてこすりだと気がついたらしい。ふたりとも居心地の悪い顔をしている。

「僕を挑発しているんですか?」

関口の顔が引き攣《つ》っている。

「なんのことだね。思い当たる節でも?」

榊はからかうような調子で関口に答える。

「関口さん、相手にしないで」

奈津子が小声で語りかける。

「ヒロインはそうだな、何かトラブルを抱えている。ほかの男に言い寄られているとか」

そう言いながら榊は椅子を右にずらすと、手を伸ばして奈津子の腰を抱く。そして、関口の方を見てにやりと笑う。関口は昂《たか》ぶる感情を抑えようとしてか、拳を強く握り締めている。

「大事な取引先の相手なので無下にもできない。困ったヒロインを男が助けるんだ。正義の味方よろしく」

そうして榊は強い力で奈津子を自分に引き寄せ、抱きしめた。視線は関口に向けたままにやにや笑っている。久世と戸田は呆気に取られてそれを見ている。伊達だけは冷ややかに観察するような目を向けている。

「やめてください」

奈津子が身体を捩って離れようとするが、榊は強い力で奈津子の身体を締め付ける。

「先生、どうか、冗談はそれくらいにしてください」

戸田部長が見かねて止めようとするが、榊は聞いていない。関口は見ていられないというように目を逸らし、静かに席を立った。そのまま部屋の外へと歩いて行こうとする。その背中に榊が言葉を投げつける。

「どうしたんだ、逃げるのか」

関口は立ち止まる。

「あなたは僕を怒らせたいのでしょう。その手には乗りません。それに僕たちは、あなたが思うような関係ではない」

後ろを向いたまま返事をする。その声は少し震えている。自分を落ち着かせようとしてか、右手の拳を固く握り締めている。

「こっちを向きたまえ。この前はずいぶん威勢よかったじゃないか。まるでナイトみたいで、ちょっと感心したんだよ。それなのに今日は借りてきた猫みたいにおとなしいじゃないか。がっかりだな。上司の前だから、腰が引けているのか？」

からかうような榊の声に、関口が振り返る。顔から血の気が引いている。

「先生、いい加減にしてください」

久世課長が困惑したような声を出す。席から半分腰を浮かせている。立ち上がって止めに入るべきか、迷っているようだ。

「関口さん、どうか落ち着いて」

奈津子も必死で語りかける。ここで榊の挑発に乗ったら、たいへんなことになる。

「しょせん、この女とは体だけの関係なのか？　女よりも自分の立場の方が大事なのか」

榊が卑猥《ひわい》な手つきで奈津子の胸をまさぐろうとする。奈津子がその手を懸命に払いのける。関口の顔が歪んでいる。握り締めた拳がぶるぶる震えている。

「それでもおまえは男か？」

そう言いながら抵抗する奈津子を無理に押さえつけ、自分の唇を奈津子の唇にべったり押し付ける。指先に力を込めて奈津子の唇を開かせ、舌を入れようとする。その様子を関口に見せ付けるようにしながら、榊は追い打ちをかけた。

「おまえは自分の女を守らないのか」

ついに堪え切れなくなった関口が、物凄《ものすご》い形相で駆け寄った。

「止《や》めろ、関口！」

戸田部長が大声で怒鳴った瞬間、榊の身体が後ろへと吹っ飛んでいた。関口が榊の襟首を持ち、頬を拳で思いっきり殴ったのだ。その勢いでテーブルクロスが引っ張られ、コーヒーカップが床に叩きつけられて砕け散る。

慟哭《どうこく》にも似た関口の怒号が部屋中に響く。

「おまえなんかに、俺たちの何がわかる！」

榊は床に尻から崩れ落ちた。関口が馬乗りになり、無抵抗の榊を殴りつける。二発、三発。

「おい、いい加減にしろ！」

戸田と久世がすっ飛んできて関口を左右から羽交《はが》い締《じ》めにした。関口はなおも自分を抑えきれず、ふたりから逃れようと暴れている。興奮のために顔には血の気がない。

「関口さん、止めて！　お願い」

奈津子の悲鳴のような制止を聞いて、ようやく関口は動きを止《と》めた。床に尻餅《しりもち》をついたままの姿勢で三人が揉みあう姿を眺めていた榊が、皮肉な声で言った。

「案外、まともな反応だったな」

そして、いきなり大声で笑い出した。勝ち誇るような、心底おかしそうな笑いだった。


個室に関口と奈津子だけが残された。戸田部長と久世課長が平身低頭して榊に謝り、榊と秘書の伊達を店から連れ出した。部屋から出る時、戸田部長が関口の耳元に、

「覚悟しておけよ」

と厳しい声で言い捨てて、そのまま去って行った。

関口は椅子に座って呆然としていた。奈津子には声の掛けようもなかった。大事な作家を人前で殴る。これは懲戒免職ものだ。少し前に読んだ新聞に、会議中に部下を殴った男性が解雇された、という記事が出ていた。部下相手でさえそうなのだ。出版社としたら最も大事な取引相手、大御所の作家を殴ってしまった関口諒の罪はもっと重い。舅《しゅうと》の専務でもおそらくかばいきれないだろう。

原因は私なのに。奈津子の胸はきりきりと痛む。私を自由にできなかった腹いせに、

榊はこの人をいたぶりたかったのだ。あるいは、この人をいたぶることで私が苦しむのを見たかったのか。

　奈津子は後ろから近づいて関口の肩に右手を置いた。関口はその手を左手で包んだ。

「俺は、後悔してはいない。それどころか、もっと殴ってやればよかったと思っている」

　関口は前を向いたまま、呟くように言った。その強がりが、奈津子には悲しかった。

「関口さん」

　関口は奈津子の方を振り向いた。そして、右手の人指し指を奈津子の左頬にそっと当て、それから唇へ、さらに首元へと辿《たど》っていく。

「だけど、殴られればよかったのは、俺の方かもしれない。こんな酷い目にあなたを遭わせてしまうなんて」

「いいんです、私のことは」

　店の従業員が入ってきて、テーブルの上を片付け始めた。別の人間が床に散らばったコーヒーカップの破片を拾い始めた。

「行きましょうか」

　奈津子は関口を促して椅子から立ち上がらせる。

「どこへ?」

途方にくれたように関口が問う。奈津子はその耳元に囁くように言う。

「あなたの行きたいところだったら、どこへでも」

16

タクシーに乗ると、関口は後楽園にあるホテルの名前を告げた。行き先だけ言うと、奈津子の手を握り、椅子に深く身体を埋める。

そのホテルは初めてふたりで食事した場所だ。理沙をコンサートに送っていって偶然、出会って誘われた。あの頃は、こんな関係になるなんて予想もしなかった。だけど、あの日から自分はこの人を意識し始めたのだ。ただの同僚ではなく、男として。あの時から、すべてが始まった。

この人もそうなのだろうか。

奈津子は聞いてみたいと思ったが、黙っていた。関口の顔は相変わらず血の気がない。口を一文字に結んで黙っている。ドライバーも静かだった。ラジオもついていない車内では、エンジンの唸《うな》り声だけが低く響いている。窓が白く曇っている。

繋いだ左手から関口の体温が伝わってくる。いつもより少し熱く、湿り気を帯びていた。

ホテルのロビーは思いのほか賑《にぎ》わっていた。吹き抜けのある高い天井からシャンデリアがきらきらと光っている。広い窓からは中庭の噴水が見えている。色とりどりにライトアップされて、高く低く水の弧を描き、見るものを楽しませる。

関口は奈津子をロビーの隅のベンチに待たせると、ひとりでチェックインの手続きをした。ベルボーイがふたりを部屋へと案内する。三十階にあるその部屋は、スイートではないが通常のツインの倍は広く、ゆったりしている。ソファセットも三人で座れる広さがある。正面の窓から見える鮮やかな夜景を引き立たせるためか、インテリアはシンプルなオフホワイトで統一されていた。

「空いておりましたので、こちらのお部屋にグレードアップさせていただきました」

と、ベルボーイが説明する。

「ありがとう」

関口は掠れた声で礼を言う。ベルボーイが退出すると、関口は鍵を確認し、奈津子の方へと向き直った。まだ緊張の抜けない顔をしている。奈津子は自分から近づいて、関口の肩に腕を掛け、口づけをした。関口の腕が奈津子の背中に回され、柔らかく口づけを返す。ゆっくりと唇を押し開き、舌を絡めてくる。関口の息遣いが荒い。見かけより興奮しているのだ、と奈津子は思う。長い口づけが終わると、奈津子は関口の耳元に囁いた。

「嬉しい。ほんとはずっとこうしたかった」

何度も諦めようとした。だけど駄目だった。こんな形でしか正直になれなかったのは悲しいけど、それでも今こうしていることが嬉しい。嬉しくて、胸が痛くなるほどだ。

関口はかすかに微笑むと奈津子をベッドへと誘う。ベッドの上に座り、軽いキスをかわしながら、ゆっくりとお互いの衣類を剝ぎ取っていく。関口の筋肉質の身体が少しずつ露になっていく。隠すものがなくなって裸になった関口は、見慣れない人のようで心細い。奈津子は関口の肩に、胸に、腹に口づけた。少しでもその身体に早く馴染めるように、と。前屈《まえかが》みになった奈津子の肩を関口がそっと摑んで抱え起こす。そして観察するように奈津子の裸をみつめる。奈津子は恥ずかしくなって乳房を手で覆った。裸になってあらためて関口との年齢差を実感する。贅肉《ぜいにく》のほとんどない関口の肉体に比べると、自分の身体は明らかに衰えている。

「隠すことはない。とても綺麗だ。すごく……女らしい」

関口が感嘆したように囁いて、奈津子を静かにベッドに横たえた。そして首に、耳たぶに、肩に、乳房に、腹に、脚に、やさしくやさしく唇で刻印を押していく。いつのまにかそれに手を使った愛撫が加わる。奈津子の感じやすい部分を探り当て、大事なものを扱うようにゆっくりと刺激する。奈津子は気持ちよさに吐息を漏らす。身体の中が柔らかく溶け、内側から開かれていく。関口の愛撫はだんだん深くなり、奈津子の身体を芯から揺さぶっていく。

快感が堪え切れないほど強くなった時、奈津子は関口の胴を強く引き寄せた。奈津子が望んでいることを察して、関口は体勢を変えて覆いかぶさってくる。

関口の顔が奈津子の目に入る。興奮に切羽詰まったような、悲しいほどの茶色の瞳。自分の中に熱い塊が静かに滑り込んでくる。身体の奥から何かが噴き出してくるのを感じる。

最初はゆっくりと。だんだん熱を帯びたように早く繰り返されるその動きに合わせ、奈津子の内側がうねり、貪欲《どんよく》に快感を捉《とら》えようとする。関口の体臭が強くなった。奈津子自身の匂いと溶け合って、強く鼻腔《びこう》を刺激する。静かな室内にふたりが触れあう音が生々しく響いている。

探るように自分をみつめる関口の視線を感じながら、奈津子の意識は快感の波にさらわれた。そのまま果てしない深さへと沈んでいく。

気がつくと、奈津子は関口の腕の中にいた。背中からすっぽりと覆うように抱きしめられている。耳元に関口の規則正しい寝息が聞こえている。そっと上半身を起こし、振り返って関口を見る。光量を絞った薄暗いルームライトの明かりの中に、安心しきったような関口の寝顔が浮かぶ。まぶたを閉じた関口の睫《まつげ》は思いのほか長い。すっきりした鼻筋、やや肉厚な唇、首から肩、背中、上腕への引き締まった筋肉の流れ。

綺麗だ、と奈津子は思った。
自分は今日の彼を一生、忘れないだろう。

奈津子はそっと屈んで自分の唇を関口の唇にそっと触れさせた。柔らかい感触を自分の唇に感じる。関口の寝息が少し乱れるが、すぐに元に戻り、深い眠りに落ちていく。それを見届けると、奈津子もそっとベッドの中に潜り込む。それから関口の腕を自分の胸に引き寄せた。そのままじっとして関口の寝息を背中に感じていた。

意識が目覚めるより先に胸に温かい何かが触れるのを感じる。次は腹。そしてその下の一番敏感な部分にも。奈津子は朦朧《もうろう》としながら、「やめて」と口走る。するると、今度はその感触を唇にも感じて、ようやく意識が戻ってきた。目を開けると関口の顔が目の前にある。キスをしながら関口の目は笑っている。

「目が覚めるのを待っていられなかった」

カーテンを閉め忘れたホテルの部屋に、朝方の薄い光が差し込んでいる。奈津子は自分を覆った毛布が剝がされ、全身が光の中に晒されているのに気づいた。赤面しながら毛布を引き寄せて自分の身体を隠そうとすると、関口がそれを邪魔する。強い力で奈津子の手首を押さえつけて毛布をもぎ取ると、そのまま覆いかぶさってキスの雨を降らす。

「奈津子と呼んでもいい？」

ふいに顔を上げて関口が問う。奈津子も微笑んで答える。

「ええ。だったら私も、諒《りょう》と呼んでいい？」

「俺は、りょうじゃなくてあきらと呼んでほしい」

「あきら？」

「本当は、諒と書いてあきらと読むんだ。親兄弟のほかは、みんなりょうって呼ぶけど」

奥さんはどう呼ぶの、と奈津子は聞きたかったが、口には出さなかった。そのかわり、

「あきら」

と、声に出してみた。

「なんだ?」

「あきら」

答えるかわりに関口は奈津子の唇を強く吸った。目はもう笑っていなかった。そのまま奈津子の身体を唇で、指で、乱暴なほど性急に開いていく。ゆうべの愛撫の名残りを留めている奈津子の身体はすぐに反応し、昂ぶっていく。身体の奥に熱の固まりが生まれ、それが奈津子の全身へと伝わっていく。

奈津子は大きな吐息を漏らすが、関口は容赦をしない。高まりを極限まで押し上げ、そのまま焦らすように弄《もてあそ》ぶ。耐え切れなくなった奈津子は身を捩ってそこから逃れようとするが、関口がどこまでも追いかけてくる。強い力で奈津子の肩をとらえると、そのまま高まりの中心へと押し入っていく。どこまでも深く、奥へと突き刺そうとする。

決して溶け合うことのないふたつの肉体を、瞬間、繋ぎ止めようとするかのように。

その激しさに鳥肌が立つ。繰り返される激情に、息をするのも苦しい。奈津子は思わず関口の背中に爪を立てる。それに気づいた関口が奈津子の肩に歯を立てた。血が滲むほど強く。その痛みに奈津子は喘《あえ》ぐ。喘ぎながら思う。

これは刻印だ。身も心も、この男に囚《とら》われている証《あかし》だ。

朝の光がますます強くなるのを感じる。興奮と、恥じらいと、深い快感に満たされて全身が震える。目の前の光景が真っ赤になる。

しあわせだ、と思いながら奈津子の意識は柔らかく溶けていく。


「最初に奈津子を見た時に、どう思ったかわかる？」

「どうだったの？」

「鈍《どん》くさい女」

「ひどい」

「酔っ払いの作家なんて適当にあしらっておけばいいのに、大真面目に対応している。それで酔い潰《つぶ》されそうになっているのにも気がつかないし。馬鹿だなあ、と思った」

「……」

「案の定、途中でトイレに立って、なかなか戻ってこない。心配になって見に行くと、廊下に座り込んでいるし」

そうだったのか。あの時、偶然、現れたのではなく、わざわざ私の様子を見に来てくれたのだ。初めて知った事実に奈津子の胸は熱くなる。

「だけど、その不器用さが新鮮だった。会社なんてところは、要領のいいやつや取り入るのがうまいやつばかりが目立つだろう。女だって、いや、むしろ女の方がしたたかでないと生き残れないし。俺自身も器用さで世の中を渡ってきたから、その年になって、そんなにも不器用でいられるというのが不思議だった。それで、かまってみたくなったんだ」

関口が最初から自分に興味を持っていたのだと知って、奈津子は落ち着かない気持ちになった。『値踏みするような目でママを見る』と言っていた理沙の目は間違っていなかったらしい。

「だけど、その不器用さがだんだん可愛く見えて、まずいなあ、と思った。こういう真面目な女は遊びには向かない。本気になると、大やけどをするかもしれない。それで、ずいぶん警戒していたつもりだったんだけど、結局、駄目だった。奈津子のことになると、俺の方が不器用で、すぐムキになる子どもみたいだ」

「ごめんなさい」

「いいんだ、もう。今となってみれば、自分が何をそんなに一生懸命構えていたんだろうと思うよ。俺は奈津子が好きだ。最初に会った時からきっとそうだったんだ。それだけが大事だ」

「諒《あきら》……」

関口は手を伸ばして奈津子の裸の肩を抱いた。

「本当は、今朝、目が覚めたら、奈津子が消えているんじゃないか、と思っていた。それでも仕方ない、と思っていた。奈津子には帰らなければならない場所があるから」

関口は肩を抱いた腕に力を籠《こ》める。

「だけど、あなたはそばにいた。それでわかった。俺のために家を出るつもりなんだと」

奈津子は黙って関口の身体を抱き返す。

「どうせ会社を辞めるんなら、このままいっしょに遠いところに行ってしまおう」

「でも……あなたの奥さんは？」

自分の夫はもう悟っているだろう。連絡もせず帰宅しなかったこと。それが何を意味するかを。自分が今、誰といっしょにいるのかということも。

だが、この人の妻は違う。連絡の取れない夫を今頃、心配しているだろう。

「俺と美那《みな》は最初からうまくいかなかった。美那というのが妻の名前だ。彼女は自分の望む夫像に俺を当て嵌《は》めようとしたけど、俺はそれが嫌だった。鬱陶《うっとう》しかった。俺たちは、結婚しなければよかった。そうすればいい関係でいられたのに」

「諒……」

「それに、こうなってしまったからには、長瀬の義父のためにも俺たちは離婚した方がいいんだ」

関口の言葉に、奈津子は沈黙する。

この人にとって仕事と家庭は密接に結びついている。どちらかが駄目になった時、もうひとつのものも失うということだ。こんな形でそれが現実になるとは思わなかった。この人の人生に、それがどれほど深い傷となるだろう。私はその傷を癒《いや》すことができるのだろうか。

「彼女には、俺よりいい相手がきっといる。俺は……奈津子といたい」

そうして、関口は奈津子の首を撫でた。絞められた痕を撫でているのだ、と奈津子は気づいた。

「いつもそばにいて、あなたを守りたい。二度と、こんな目に遭わなくてすむように」

「いっしょにいるわ。これからはずっと」

関口は答えるかわりに、奈津子の首に優しくキスをした。

ホテルをチェックアウトすると、ふたりは一旦《いったん》、別行動を取ることにした。このまいっしょに行こうと関口は主張したが、そういうわけにはいかない、と奈津子が反対した。家族にもきちんと別れを告げて行くべきだ。お互い、長く連れ添った相手だ。無責任なことはできない、と。奈津子の強い主張に、関口がようやく折れた形だった。

水道橋駅からふたりは総武線に乗る。御茶ノ水駅で中央線に乗り換えれば、終点の東京駅まではわずか二駅だ。

「じゃあ、二時に中央口の改札のところで」

東京駅で山手線に乗り換える関口と別れ、奈津子は連絡通路へと歩き出した。しかし、すぐに奈津子は言い知れぬ寂しさに襲われた。振り返って雑踏の中に関口の背中を探す。その気配が伝わったのか、関口も後ろを振り向く。そうしてすぐに奈津子を見つけるとぱっと笑顔を浮かべ、二、三度大きく手を振った。奈津子も小さく手を振り返す。それで関口は安心したのか、すぐに前に向き直り、人混みの中へ軽い足取りで紛れていった。

その笑顔の明るさが妙に心に焼きついて、奈津子はいつまでもそこを動けなかった。

17

玄関の扉を開けるのに、奈津子はしばらくためらった。五日前に夫との諍《いさか》いがあって、昨日の無断外泊。克彦や多恵はどれほど気を揉んでいるだろう。これから自分の言うことを、どんな思いで聞くのだろう。考え始めると、どんどん気持ちが重くなる。

でも、もう迷わない。引き返すことはできないのだ。

深呼吸をひとつすると、奈津子はドアノブに手を掛けた。

「ただいま」

その声を聞いて、多恵がすぐに姿を見せる。

「奈津子さん、あなた……」

多恵は奈津子の顔を見ると、はっとしたようにしゃべるのをやめた。

多恵の後ろから克彦も姿を見せる。やはり克彦も奈津子の顔を見て、気圧されたような顔になる。

「ごめんなさい。ご心配、お掛けしました」

「おまえ、どういうつもりだ。連絡もなく、家を空けるなんて」

克彦の声には力がない。ひどく疲れた顔で覇気《はき》が感じられない。奈津子の胸は痛んだ。

「あの男と会っていたのか？」

「そうです」

奈津子の返事を聞くと、克彦はやっぱり、という顔になる。怒りより諦めに似た表情が浮かんでいる。

「ごめんなさい。あなたには本当に申し訳ないと思っています。でも、もうどうしようもない。あなた以上に、あの人に迷惑を掛けてしまったから、だから……」

奈津子は目を伏せて、早口でしゃべる。

「何かあったのか？」

「昨日の接待の席で、私が作家にひどいセクハラをされたの。あの人が止めようとしたけど、作家があてつけのようにしつこく続けるから……とうとう怒って殴り倒してしまった」

「作家って、あの榊聡一郎のことなのか？」

「ええ、そうよ」

克彦の表情はショックを隠しきれない。

「それがどういうことか、あなたにもわかるわよね。左遷ではおそらくすまない。辞表を書かされるか、下手すれば懲戒免職」

「それで……おまえは、その男に付いていくというのか」

克彦は哀しそうな目をしている。本当に哀しそうな目。

「ええ」

「勝手にしろ」

克彦は奈津子の目を見ないで言い捨てると、奥の部屋へと入っていった。

その背中を見ながら奈津子は思う。

克彦にはわかっていたのだろう。すでに私の心がこの家に無いことを。今度のことがなくても、いずれ私はここを離れるつもりだったことも。

五日前のあの晩が、最後のチャンスだったのだ。お互いがもう一度向き合い、やり直すための最後で最大のチャンス。

たとえ傷つけられ、殺されかかったとしても、自分が必要とされているとわかっていれば、私はここに留まった。長い年月積み重ねてきた関係だから、一時的に終わるかもしれない恋よりも大事にしたかった。あの瞬間だったら、まだやり直すことができただろう。

殺したくなるほどの憎しみがあるなら、なぜ克彦は「そんな男のことなんか忘れろ」と言わなかったのだろうか。「俺にはおまえが必要だ」とあの時、言われていれば、私の気持ちも変わったのに。

どうしてその激情を恥じて、なかったことにしようとするのだろうか。

それができないのが克彦だ。わかっているけど、どうしようもなく虚しい。この虚しさを重ねることに、私はもう疲れてしまった。

「どういうことなの？　奈津子さん、あなたどういうつもりなの？」

奈津子たちのやりとりを傍で見ていた多恵は、事情がわからずおろおろするばかりだ。

「お義母《かあ》さん、申し訳ありません。お義母さんにはいろいろお世話になったのに、何もお返しができず、それどころかこんなことになってしまった。本当にごめんなさい。だけど、私はこの家を出ます」

「家を出るって、どこへ行くの？」

「旅行に出るか、もしかすると実家に戻るかもしれません。今日は身の回りのものだけ持っていきます。何かあったら、実家の方に連絡ください」

呆然とする多恵を置き去りにして、奈津子は二階に上がって行った。トランクを出し、着替えや自分名義の貯金通帳など、当座の生活に必要なものだけを手早く詰めこむ。宝石やアクセサリーにはほとんど手をつけなかったが、関口にもらったネックレスだけはトランクの奥に仕舞いこんだ。詰め終わると階下へ降りて行った。玄関には理沙がひとりで待っていた。

「ママ、出て行くの？　あの人のところへ？」

理沙の声が震えている。

「母親としても、妻としても失格ね。だけど、人間としては失格したくない。自分のためにすべてを失おうとしている人を見捨てるなんて、私にはできない」

「それで、自分が破滅することになったとしても？」

「破滅なんて」

奈津子はふっと笑った。なんて大げさな言葉だろう。まだまだ理沙は子どもだ。

「破滅だなんて。……私にはもう恐れるものは何もないもの」

「どういうこと？」

「あなたにも、自分自身より大事に思える人が現れたら、きっとわかるわ」

この子はきっと大丈夫だ。強い娘だ。すでに自分の人生を歩みだしている。私がいなくても克彦や義母、それに松原もいる。彼らがこの子を支えてくれるだろう。

「……ママ、綺麗だわ。今日はとっても」

急に場違いなことを理沙が口にしたので、再び奈津子の口元に笑みが浮かぶ。思いついてバッグからキーホルダーを取り出すと、自宅の鍵を外して理沙の手に握らせた。

「鍵を預けるわ。おばあちゃんに渡してちょうだい」

「ほんとに、もう帰らないつもりなの？」

「もう行くわね。元気で……。こんなこと、私が言うのもおかしいかもしれないけど、自分を大切に生きてね」

「ママ！」

「なに？」

「また、会えるよね。この家を出ても、また……」

理沙は心細そうな顔をしている。その表情は保育園の頃とちっとも変わっていない。毎朝、保育園の門のところで『早く迎えに来てね』と言っていたあの頃と。

「あなたが会いたいと思えば、いつだって。あなたは私の大事な娘だから」

理沙の顔が歪んだ。涙を必死で堪えているようだ。理沙の涙を見てしまったら、きっと決意が鈍る。奈津子は玄関を出てドアを閉めた。

もうここへは二度と戻らない。

右手に抱えたトランクの取っ手を強く握り締めると、振り返らず歩いて行った。


東京駅に戻ってきたのは、ちょうど正午頃だった。待ち合わせの二時までにはまだ時間がある。トランクを駅に預けると、奈津子は地下鉄のホームへと歩いて行く。関口に再び会うまでに、やっておきたいことがあった。丸ノ内線の赤坂見附で降りて銀座線に乗り換える。二駅めの表参道で降りて、青山通り方面の出口へと向かう。榊聡一郎の事務所に行くつもりだった。

「いらっしゃい。お待ちしておりましたわ」

奈津子の来訪を予期していたように、伊達がにこやかに迎え入れる。

「先ほどまでお宅の会社の社長と専務の長瀬さんがいらしてましたのよ。関口さんのことで。長瀬さんは関口さんの義理のお父様なんですってね。たいそう恐縮しておられたわ。それにしても、今日の雨宮さんはとてもお綺麗ね。何かいいことでもあったのかしら」

世間話をするようなにこやかな口調で、伊達は奈津子に対して次々とジャブを仕掛けてくる。

「ところで、紅茶になさる？　K社の方がイギリス土産のおいしい紅茶を届けてくださいましたのよ」

「どうぞ、おかまいなく」

「そんなことをおっしゃらずに。ちょうどいただいたばかりのケーキもございますから」

伊達は奥に引っ込んでお茶の用意を始める。

「それにしても、せっかく来ていただいたのに、榊が不在で申し訳ありませんねえ」

紅茶とケーキをテーブルに出しながら、伊達が残念そうに言う。

「先生は、お出掛けですか？」

「ええ。P社の方たちとゴルフへ。しばらく執筆で行けませんでしたから、今回は泊まりがけで」

「そうですか。それは残念です。お別れを申し上げに参りましたのに」

「どういうことですか？」

「私、会社に辞表を出すつもりです」

「それは、昨日の件の責任を取って、ということですか？」

「ええ。関口の行為は許されるものではないと思いますが、原因は私にありますから。私が辞めることで、どうぞ先生にもご納得いただければ、と思います」

「ほほほ。麗《うるわ》しいこと。恋人をかばって、あなたが犠牲になるということですのね」

「先生にも、これでご満足いただけますでしょう」

「どういうことですの？」

「関口をわざと部長たちの前で挑発して、どんな反応をするのか見たかったのでしょう。それが作家としての好奇心なのか、私への嫌がらせなのかわかりませんが」

伊達が不快そうに眉を顰める。

「あなたが会社を辞めたことくらいで、ことの責任を取れると思っていらっしゃるのかしら？　天下の榊聡一郎を、床の上に殴り倒したのよ」

「ですが、たとえ榊先生といえど、嫌がる女性に無理やりキスをすることを世間が許すとは思えません」

「どういうことですの？」

「関口が責めを負うようなことがあれば、私にも覚悟があります」

「つまり、セクハラで訴えるということ？」

「いろいろやり方はありますよね。私もマスコミの人間ですから、多少のコネもありますし。中にはスキャンダルを専門にしている雑誌の知り合いも……」

「あなた、脅迫するつもり？」

伊達の顔がみるみる強張る。恐ろしい形相で奈津子をぎろりと睨みつける。

「いいえ。私の覚悟をお話ししただけですわ」

「そんなことをして、この業界でやっていけると思うの？」

「だから、会社を辞めるんです。辞めてしまえば、榊先生がどんなに偉い方でも関係ありませんから」

奈津子はひるまない。真正面から伊達のまなざしを受け止める。奈津子を睨んだまま、しばらく伊達はじっと考えこんでいたが、やがて諦めたように言った。

「これは、私の負けね。恋の情念は怖いものだ、と先生がいつもおっしゃるけど、そのとおりだわ。今のあなただったら、関口さんのために先生を刺すことくらい、平気でやるでしょうね」

「ええ、そうだと思います」

奈津子は真顔で答えた。榊と刺し違えてそれで関口が守れるのなら、喜んで自分はそうするだろう。

「あなたのような、可愛らしい人がねえ……」

呆れたというように伊達は溜息を漏らす。

「でも、関口さんが面目を失ったことで先生は満足されたから、今回はそれでよしとするしかないわね」

伊達は自分に言い聞かせるようにぶつぶつ呟いた。奈津子は「ありがとうございます」と小さく答えて頭を下げた。

「ただ、ひとつだけ」

伊達が思いついた、というように付け加える。

「なんでしょう」

「次の小説では、あなたと関口さんのことを書くことになります。それはいいわね」

最初から、そういうつもりだったのだろう、と奈津子は思いながら、「ええ」と返事した。榊があんなふうに関口を挑発したのも、彼の反応を見て、それをネタにするつもりだったのだろう。ふられた痛みも、若い男に負けた屈辱も、すべてを書くための材料にすりかえることで、自分だけ高みに立ちたかったのだ。自分は作家だ、それに縋《すが》ることで自分の精神の平穏とプライドを守りたかったのだ。

「どうぞ、先生には素晴らしい小説を書いてください、とお伝えください」

そういうやり方が榊という作家を支えているのだ、と編集者である自分には理解できる。

でも、理解するからこそ恋することはできない。

私が欲しいのは、生身の自分をぶつけてくれる男だ。痛みからも逃げない男だ。

「わかりました」

伊達はいつものにこやかな表情に戻っている。

「先生のこれからのご活躍を、遠くから祈念しております」

それに、完成した榊の小説を読んでわかった。小説は小説だ。私をモデルにしても、それは榊の想像の私でしかない。これから榊が私と諒のことを書いたとしても、榊の想像の産物だ。私と諒の真実は、自分たちにしかわからない。

「どうぞ、雨宮さんもいつまでもお元気で」

「ありがとうございます。伊達さんも、お元気で」

奈津子は最後にそう言って、榊の事務所を退出した。

奈津子が東京駅に戻ってきたのは、約束の時間の十分前だった。

伊達とのことを一刻も早く伝えたい。そう思って、奈津子は関口が来るのが待ちきれない。しかし、待ち合わせの時間を十分過ぎても、二十分過ぎても関口は姿を見せなかった。

おかしい。何かあったのだろうか。奈津子の胸の鼓動が速くなった。やはり、奥さんとの話し合いがうまくいっていないのだろうか。

奈津子は携帯電話で諒の番号を呼び出した。しかし電話口の向こうからは「ただいま電話に出ることができません」という音声が虚しく流れてくる。奈津子は諦めて駅の構内にある喫茶店で待つことにした。関口の留守電にその旨を吹き込んでおく。何かしようにも、関口の自宅の場所も、電話番号も知らなかった。不安に胸が押し潰されそうになりながら、奈津子は喫茶店の椅子にじっと座り続けるしかなかった。

今まで諒の奥さんのことは考えまいとしてきた。私より十歳以上も若く、美人だと評判の女性。専務のひとり娘。そんな人と自分を比べると、劣等感に苛《さいな》まれそうだったから。

いいえ、それだけじゃない。目を背けていたのは何より罪悪感からだ。人の夫を奪い、その家庭を壊してしまう、その罪の重さに怯えていたのだ。自分が誰かを苦しめる、その痛みを見たくなかったのだ。

コーヒーを二杯飲み終わった頃、ようやくテーブルの上に置いた携帯電話が鳴った。着信通知に関口の名前が出る。奈津子は電話に飛びついた。

「もしもし」

「ごめん、連絡遅くなって」

関口の声は今まで聞いたことがないほど沈鬱だった。

「今、どこなの？」

「病院」

「えっ？」

「妻が手首を切った。それで、今、俺が付き添っている」

それを聞いた途端、奈津子は足元がぐらぐらと揺れたような気がした。頭ががんがんする。関口の声が遠くから響いてくる。

「怪我《けが》自体はたいしたことはない。出血もそれほどではなかったし……命に別状はない。だから、心配することはない」

関口は冷静にしゃべろうとしているようだった。だが、声がうわずっている。

「明日には退院できるだろうと思う。だけど、今、俺のほかには誰もいないから、代わりが来るまでしばらく動けない」

「奥さんは、あなたを止めようとしたのね」

諒の奥さんは、そんなにも諒を愛しているのだ。自分の身を投げ出しても、諒を自分の元に留めたかったのだ。

「ああ。俺の前で手首に包丁を突き立てた」

奈津子の胸は締め付けられるように痛む。

どれほど私たちが彼女に残酷なことをしたのか。どれほど彼女を傷つけたのか。

そのことを、彼女は私たちに思い知らせたかったのだ。

「あなたは……大丈夫なの？」

いっそ、自分が刺されればよかった。諒の奥さんの身体に、そして諒自身の心にも傷を負わせるくらいだったら、私がこの身に傷を受けたのに。

「ああ。ちょっとショックだったけど、なんとか持ちこたえている。奈津子の声を聞いたらほっとした」

珍しく諒が弱音を吐いた、と奈津子は思った。昨日、榊聡一郎を殴り倒した後でさえ、強がっていたのに。

「きっとあと一時間もすれば義父が来るから、そうしたらここを出る。それまで待っててほしい。そうだな、渋谷のあの店だったら、長居できるから」

そう言って店の名前を告げた。そこには以前、ふたりで行ったことがあるので奈津子も場所を覚えている。

「わかったわ」

「病院だからしばらく携帯を切っているけど、何かあったらまた電話する」

「じゃあ、気をつけて」

「奈津子」

関口が何か言いたげに呼びかける。

「なあに？」

少し間を空けて、関口ははっきりした声で言った。

「愛している」

奈津子は一瞬、絶句した。思わず涙が出そうになって言葉に詰まった。

「私もよ。世界中の誰よりも諒を愛している」

そうだ。私は諒を愛している。だから、諒に負い目を負わせたりしない。後ろ指を差されるようなことはさせない。諒をこれ以上、傷つけることは誰にもさせない。

諒が諒としてこれからも胸を張って生きていけるように。

私が望むのはそれだけだ。

奈津子は自分の手をきつく握り締めた。爪が白くなるほど力を籠めた。

諒の奥さんは、自分の身を投げ出すことで自分の愛を示した。

私は私のやり方で自分の恋を、諒への想いを示そう。私ができる精一杯のやり方で諒を守ろう。

諒が私にくれた優しさに、愛に、応えるために。

そうして奈津子は大きく深呼吸をすると、伝票を手にして椅子から立ち上がった。

18

病院のパイプ椅子に座りながら、関口は悄然《しょうぜん》としていた。

煙草が吸いたい。

しかし、喫煙ルームは廊下の反対側にある。誰か来るまでは、ベッドに横たわる妻の傍から離れるわけにはいかなかった。

睡眠薬が効いて、美那は静かに眠っている。手首には包帯が巻かれている。顔色はシーツと同じくらい真っ白だ。

関口はふと手元に視線を落とし、右の袖口に血が付いていることに気づく。

美那の血だ。

関口はぶるっと身体を震わせた。

「あなた、どうするつもりなの」

スーツケースを持って家を出ようとした関口を、美那が震える手で引き止めた。

「聞いただろう。俺はもうお終《しま》いだ。会社にはいられない。俺といっしょにいても、美那には何もしてやれない」

「いいのよ、私は。あなたがそばにいてくれるだけで」

美那は必死な目をして関口の腕に縋りついた。

「こうなってしまったら、俺はもう一からやり直したい。俺はここを出て行く」

「どうして、今になって。私たち、うまくいっていたじゃない」

美那はヒステリックな声を出した。その甲高い声が関口には耳障りだった。

「君にもわかっているだろう？　俺たちは、表面を取り繕っていただけだ。俺はもう、この生活には耐えられない」

それを聞いて、美那はきっ、と睨んだ。

「あの女《ひと》といっしょなのね。あなたがかばって……作家に暴力を振るう原因を作ったという女の人と」

一瞬、関口は答えを迷った。正直に言うのと言わないのと、どちらの答えが美那にとって受け入れやすいだろうか、と考えたのだ。

「あなたらしくない、女のためにすべてを投げ出すなんて。まだ全部、終わったわけじゃない。きっと父が力になってくれる。それに私もいるわ。だから、思い止まって」

それを聞いて関口は苦い笑みを浮かべた。

そう、美那には俺よりも父が大事なのだ。俺より父のことを頼りにしている。結婚する時ですら、父親の力を借りた。母を早く亡くした美那にとって、父親の存在は大きい。夫の自分ですら入り込めないほど。

「いいんだ、もう。俺はただ彼女といっしょにいたいだけなんだ」

美那は父親が守ってくれる。俺よりも確かな財力と社会的な地位のある父親が。だけど、奈津子を守れるのは、もう俺だけだ。

「そんな、一時の激情で思ったことなんて、後できっと後悔するわ。あなた、このままではすべてを失うのよ」

「それでもかまわない」

「本気なのね」

美那の目の中に浮かんだ絶望の色を見たくなくて、関口は思わず目を逸らした。

「ああ」

「そんなの、嫌よ！　絶対に許さない。これでも、あなたは行けると言うの？」

それからのことは、スローモーションのように見えた。シンクの下の扉を開き、そこから包丁を取り出す美那。一瞬、ひるんだ関口を狂気に満ちた目で睨むと、躊躇せず自分の手首に包丁を突き立てた。血飛沫《しぶき》があがる。血の赤が、辺り一面に広がっていく……。


早く、この場を去りたい。奈津子のそばに行きたい。

そうすれば、俺は救われるだろう。

この身体の震えも止まるだろう。

ソファにひとり座りながら、祈るような思いで関口は念じていた。

それにしても、義父は遅い。連絡してから三時間は経っている。できれば美那の意識が戻る前に、俺はここを出て行きたいのに。

その時、ノックの音がした。扉を開けると、美那の父、関口にとっては上司でもある長瀬孝三《こうぞう》の姿があった。ひどく憔悴《しょうすい》して老け込んだように見える。

「美那は？」

疲れ切った声で長瀬が問う。

「電話でお話ししたように、傷自体はたいしたことはありません。それよりも本人のショックの方が強くて……」

長瀬は黙ったまま娘の枕元《まくらもと》に近づいて行った。眠っている美那の頬を、いたわるように指先でそっと撫でる。それを見て、関口はいたたまれない気持ちになった。

「こんなことになって、たいへん申し訳ありません」

振り向いた長瀬の表情を見て、関口は奇妙な感じを抱いた。長瀬の顔に浮かんでいるのは怒りでも、悲しみでもなかった。

まるで俺を哀れむような顔だ、と関口は思った。

「君もいろいろたいへんだったね」

「いえ、このことだけでなく……」

関口は榊聡一郎とのことを仄《ほの》めかした。それを聞いた長瀬はますます複雑な顔になった。関口の顔を黙って見ていたが、やがて意を決したように懐から白い封筒を取り出す。

「これは？」

関口に差し出された封筒の表には、何も書かれていなかった。

「君宛《あて》の手紙だ。雨宮奈津子さんから預かった」
関口は長瀬からひったくるようにして手紙を受け取ると、封筒の上側を手で引き裂いて手紙を取り出した。

どうぞ、私がこれからしようとしていることを怒らないでください。

いきなり最初の一行が飛び込んできた。関口は食い入るように続きの文を読む。

長瀬専務は、私があなたの前から去るのであれば、力になってくれるそうです。榊さんも、正確には伊達さんですが、私が会社を辞めるのであれば、今回のことは不問に付すとおっしゃってくださいました。もともとは榊さんのセクハラに端を発していることなので、これが表沙汰になれば、榊聡一郎の名前にも傷がつくと危惧されたのでしょう。

だから、あなたは何も心配することはないのです。安心して奥さんの看病をしてあげてください。奥さんはあなたがいないと生きていけない。そして、あなたは優しいから、奥さんのことを捨てきれない。私と奥さんの間で板挟みになって苦しむあなたを私は見たくない。だから、あなたの前から姿を消します。

最後にもう一度、あなたに会いたい。だけど、会えばいっそう辛くなるだけ。だからこのまま行くことにします。どうぞ私のわがままを許してください。

あなたに会って私は初めて自分がどれほど孤独であったかを知りました。家庭でも職場にも居場所がなかった。あなたに会うまではそれに気づかなかった。いえ、気づきたくなかったのかもしれない。

自分自身よりも大事だと思う相手に出会えたことに心から感謝しています。短い一生の間に、そういう相手にめぐり合うことのできる幸せな人間がどれくらいいるでしょうか。

だから私はもう、孤独ではないのです。あなたに二度と会うことがなくても。

手紙はそこで終わっていた。

「奈津子は、あの人はどこへ行った？　あなたは、彼女になんと言ったんだ？」

関口は血走った目で長瀬を睨む。長瀬は黙って目を逸らす。それを見て、関口は猛烈な勢いで病室から飛び出そうとした。長瀬は追い縋り、両手で関口の腰のベルトを摑んで押し留める。

「落ち着いてくれ、頼む」

長瀬が懇願する。自分のベルトに食い込む長瀬の指を、関口は夢中で引き剝がそうとする。関口に突き飛ばされて長瀬は背中からドアにぶつかった。ドアが大きな物音を立てて開いた。それでも長瀬は手を離そうとしない。

「どうされたのですか。ここは病室ですよ。落ち着いてください」

通りかかった看護師の窘《たしな》める声で、関口はようやく動きを止める。長瀬は関口のベルトに手を掛けたまま部屋の奥へと関口を誘う。荒い息を整えながら、長瀬は言う。

「あの人は立派な女性だ。彼女は……自分から身を引くと言ったんだ」

関口は驚いて目を見張る。

「自分から身を引く……」

「そうだ。自分さえいなくなれば、すべてがうまくいく、彼女はそう言ったんだ」

「どうして、そんな……」

まるで新派の劇のようなセリフだ。なんで、そんな馬鹿なことを。

「……それに、誰かを犠牲にして、自分だけ幸せになることはできない、とも言っていた。美那を苦しめて申し訳ない、と」

「申し訳ないだと」

関口の中に激しい怒りが込み上げてきた。

「なんでそんな大事なことを勝手に決めてしまうんだ。俺がそんなことをされて喜ぶと思っているのか。奈津子は、俺の気持ちが全然、わかっていない！」

大声を出した関口の頬を、長瀬が平手で張り飛ばす。そしてその胸倉を摑んで怒鳴り返した。

「わかっていないのは、君の方だ。彼女がどうしてこうしたのか、わからないのか！」

「俺が、わかっていない？」

「そうだ。彼女は君を守ろうとしたんだ。女のために失態をしでかして会社をクビになり、死にかけた妻を見捨てて逃げる、君をそんなみじめな男にしたくない。彼女はそう言ったんだ。そんなことをすれば、取り返しのつかない傷を君に負わせることになる。君がプライドを持って生きることができなくなる、と」

長瀬はさらに関口の胸倉を締め上げた。

「わかるか。男にとってプライドがどれほど大事なものか、彼女は知っているんだ！」

関口は絶句した。

俺のプライドを守るため？　そのために奈津子は姿を消すというのか。

力の抜けた関口を見て、長瀬はようやく手を離した。激昂《げっこう》したことを恥じるかのように、関口に背を向ける。

その時、ベッドの上の美那が身じろぎをした。小さな声で囁くように言う。

「りょう……諒《りょう》」

「美那、気がついたのか？」

長瀬はベッドの傍にひざまずくと、美那に優しい声音で話し掛ける。そして、関口の方を振り向いて強い調子で促した。

「関口くん、頼む」

拒むことができず、関口はふらふらとベッドに近寄っていく。

その気配を感じたのか、美那が薄く目を開けた。包帯をした左手が微かに動いて、何かを掴もうとする。自分の手を求めているのだ、と関口は思った。しかし、動けない。

「さあ」

長瀬に再び促されるが、それでも関口は動けない。

これだから俺は美那の意識が回復する前に去りたかったのだ。この手を取ってしまったら、俺はもうここを動けない。

「諒……お願い」

「関口くん」

焦れたように長瀬は言うと、関口の左手を摑み、強引に美那の左手に重ねた。

美那は微かに笑みを浮かべた。

「どこにも行かないでね」

美那は震える声で言って、関口の手を握り返そうとするように、力の入らない左手の指をほんの少し曲げた。

「君は、これでも行くと言うのか。こんな状態の妻を置き去りにできるのか」

長瀬の言葉が関口の胸に突き刺さる。

「そこまで君は身勝手になれるのか」

「身勝手……」

俺が奈津子を追うのは、身勝手だと言うのか。

『奥さんはあなたがいないと生きていけない。そして、あなたは優しいから、奥さんのことを捨てきれない』

奈津子の手紙の文面が蘇る。奈津子はこうなることを知っていたのだろう。それで自ら姿を消したのだ。

「諒……」

答えを促すような美那の弱々しい声。しばらく黙った後、関口は囁くように言った。

「わかったよ。……俺はどこにも行かない」

それ以外の言葉を、どうしてここで言えるだろうか。そこまで自分は冷酷にはなれない。気持ちは通い合わなくても、五年間、いっしょに暮らした女なのだから。

「ずっとそばにいてくれるのね」

「……ああ」

関口の答えを聞くと、安心したように微笑んで、美那は目を閉じた。その顔は天使のように清らかに見えた。関口は絶望的な思いでそれを眺めた。

俺はこの女を捨てられない。

愚かで、哀れなこの女を。ひたすら自分を慕ってくるこの女を。

俺は……弱い男だ。

長瀬が慰めるように関口の肩を叩いた。関口はうなだれたまま、奈津子の手紙を握り締めていた。

エピローグ

関口は電車の吊革《つりかわ》に摑《つか》まって揺られていた。本社との合同会議が終わって、東京郊外にある現在の職場にひとりで戻るところだった。昼の二時を過ぎた頃だった。職場に戻っても、今日の仕事が終わるまではまだ時間がある。

半年前から関口は倉庫の管理を業務とする子会社に出向になっていた。左遷だ、と周りの連中は囁《ささや》いた。榊聡一郎を怒らせた責任を取らされたのだろう、と。

「三年経《た》ったら、戻してやるから」

舅《しゅうと》の長瀬専務はそう言って慰める。しかし、そんなことは関口にはどうでもよかった。のんびりした今の職場の方が、気持ちが搔《か》き乱されずにすむ。本社ではこそこそ噂《うわさ》をしたり、「本当のところはどうだったの?」と、面と向かって不躾《ぶしつけ》に聞いてくる人間もいた。こちらには事情を知る者は誰もいない。黙々と自分の仕事をこなせばいいだけだ。

手紙一枚だけ残して、奈津子は自分の前から姿を消した。会社を辞め、離婚して家を出たと義父から聞かされた。連絡を取りたかったが、携帯電話は繋《つな》がらなかったし、奈津子の実家の住所も、親しい友人の名前すら、俺は知らなかった。

手を尽くせば、居場所くらいなら突き止めることはできただろう。だけど、動けなかった。そうして会ったとしても、なんと言えばいいのかわからなかったのだ。

あの日、美那に引き止められて、俺は彼女を追えなかった。それだけが事実だ。今さら会っても、俺たちの関係にはもう決着がついている。会えば逆に辛《つら》くなるだけだろう。このまま会わない方がいいのかもしれない。

結局、選んだのは俺だ。姑息《こそく》な生き方だとしても、それを続けるしかない。朝起きれば、また昨日の続きが待っているのだから。


そうして俺は日常に戻った。仕事をし、食事をし、美那や同僚の言葉に機械的に笑みを浮かべる。その繰り返しだ。美那は回復して家に戻った。彼女は怪我《けが》のことも、奈津子のことも口にしない。あの時のことなど、なかったような顔で毎日暮らしている。

守りたいと思った女に守られた。そうして今、俺はここにいる。愛した女を犠牲にして、自分だけおめおめと生きている。その屈辱を、まだ受け入れられない自分がいる。

そんな状況に追い込んだ奈津子を、俺はまだ愛しているのか、それとも憎んでいるのだろうか。

季節が何の感動もなく巡っていく。今が夏だったか冬だったか、時々わからなくなる自分がいる。だが、そうして生活していると、日一日と記憶は薄らいでいく。今では奈津子のことを思い出さない日もあるくらいだ。そのうち彼女の顔さえも忘れてしまうだろう。

そう、忘れることだけが、今の俺にとってはたったひとつの救いなのだ。

窓の外に関口は目を向けた。急行に乗っているので、小さな駅をいくつも通り過ぎて行く。去り行く駅の看板に「朝霞《あさか》」という文字が読めた。あと十分もすれば職場のある駅に着くだろう。

その時、ふと雲の間に白いものを見た。目を凝らしてそれを確かめる。

ああ、月だ。まだ昼間なのに。

そう思った瞬間、耳元に奈津子の声が生々しく蘇《よみがえ》った。

「月って、昼間にも見えるのよ。雪みたいに白くて雲に紛れてしまうから、気をつけていないと見逃してしまうけど」

ふいに涙があふれた。関口は慌てて吊革から離れ、ドアの方へと移動した。ドアにある大きな窓に額をつけ、外を眺めるふりをして涙を隠す。

「私のジンクスなんですよ。昼間に月が見えるといいことがあるって」

そう言って、照れたような笑みを浮かべた奈津子。愛《いと》しいという思いを気取られないために、わざと憎まれ口を叩《たた》いた自分。


忘れることなんてできない。

奈津子の声も、笑顔も、仕草も、溜息《ためいき》も、こんなにはっきりと覚えている。

次から次へと涙があふれてくる。関口は掌《てのひら》で覆って隠すが、頰《ほお》を伝って胸の方までぽたぽた雫《しずく》が垂れてくる。ポケットからハンカチを出してそれを押さえた。

この前、こんなふうに泣いたのはいつだろう。

思い出そうとするが、出てこない。

とにかくもう何年も前の話だ。何年も俺は泣くことを忘れていた。

そうだ、俺は奈津子と別れてから、まだ一度も泣いたことがなかった。

それに気がついた瞬間、嗚咽《おえつ》を上げそうになった。

奈津子のことを忘れていたのではない。心の底に封じ込めていただけだ。それはこんなにもあっけなく破れて、外にあふれ出してくる。

愛している。もう、どうしようもないほど。

張り裂けそうな痛みに襲われて、叫び出しそうだった。関口は自分の口を掌でしっかりと押さえた。

半年経とうが、どれだけ経とうが、忘れることなんて無理だ。

関口は絶望的な思いで確信した。

俺はこれから一生、この痛みを引きずって生きていくに違いない。

景色が変わって、窓の外の月は見えなくなっていた。次の駅のホームに近づいて電車は速度を緩めていく。

顔を上げられず、関口はじっと俯《うつむ》いていた。

涙はとめどなく流れ、いつまでも止まりそうになかった。

解説

宮下奈都
（作家）

この小説を読みながら、なぜだか飛び込みの競技を思い出していた。プールの真上に突き出した飛び込み台から、思い切ってジャンプする。頭上に安定して見えていた青い空も、真下の水も、一瞬にして逆さまになり、がらりと表情を変える。指の先まで神経を研ぎ澄ませ、身体を捻《ひね》りながら水面に飛び込む、その鮮やかな軌跡を見せられたような気持ちになった。碧野圭さんがこの小説を書いたときの意気込みのようにも、主人公・雨宮奈津子の姿に重なるようにも思えた。

冒頭から、不穏な会話で始まる。誰の、何の話なのかわからないまま、ただ、どうやらお酒の席で、女性との別れ方を、男性たちが談笑している様子がわかる。そこでひとり困惑しているのが、奈津子だ。笑ってやり過ごすこともできず、かといって気の利いたひとことでかわすこともできず、ただ困って仕事相手や同僚や上司たちのやりとりを観察している。

この短い場面で、登場人物たちの人となりや考え方が読者に伝わる。見事だ、と思う間もなく、すぐに、大物作家・榊聡一郎が問題のひとことを放つ。

「ところで、君は僕の小説で何が好きなの？」

ここからのやりとりは、奈津子の見せ場だ（奈津子本人にはたぶんその意識はないだろうけれど）。奈津子の魅力が発揮され、またこれからの人間関係をも暗示させる、とても重要な場面になる。ここまで、わずか二十ページ。二十ページの間に、すでに小説の醍醐味がぎゅっと詰まっている。

奈津子は四十二歳の編集者である。夫と姑、反抗期の娘を持ちながら、七歳年下の関口諒と恋に落ちる。関口にも妻がある。その妻は、奈津子と関口が勤める出版社の専務の愛娘である。さらに、奈津子が担当している榊聡一郎も奈津子に執心している。たいへんに恋愛のむずかしい環境である。そもそも奈津子は愚直なほどにまじめで、仕事にも家庭にもきちんと取り組む、婚外恋愛などもってのほかだと思っているタイプである。

しかし、それでも、ふたりは恋に落ちる。落ちてゆく過程が絶妙に綴られるので、読んでいて説得されてしまう。この恋は、しかたがなかった。お互いに家庭があって、社会的な立場もあって、恋などしてはいけないふたりだ。だけど、しかたがなかった、と思わされてしまう。まわりを傷つけても、しかたがなかった、と。

歯がゆいほどだった奈津子の一途さ、そしてまじめさ、けなげさ、それは恋に対するだけでなく、仕事に対しても、家族に対しても、かたちを変えつつ発揮される。そこに惹《ひ》かれた。同性として、奈津子はとても魅力的だ。だからこそ、だんだん心配になりはじめる。この恋が成就するとき、奈津子の何かが壊れてしまうのではないか。

ふたりを取り巻く人間たちも、決して脇役に収まらない。いいところも悪いところも併せ持つ、人間くさい人物ばかりだ。

姑としての威厳を保とうとしながらも、自分の考えが古いことに内心では気づきはじめており、奈津子の言動に心が揺さぶられてしまう多恵。賢いようで幼い、それでも精いっぱい虚勢を張ってみせる奈津子のひとり娘、理沙。彼女の生意気さ加減は鼻につくほどだったが、そのぶん最後に見せる涙は印象的だ。さらに、榊聡一郎の秘書、伊達裕子。非常に有能で、一筋縄ではいかない伊達と奈津子との対決シーンも胸がすくようだった。

一見、嫌な面も目立つ彼女たちを決してそれだけでは終わらせない。美点も見せ、歩み寄りも加え、それでも彼女たちは彼女たちとしてそれぞれが独立した人格を持って書かれる。主人公の都合のいいようには動かない。

「恋愛小説」と括《くく》ってしまうには惜しい気がする。「仕事小説」としてもじゅうぶん読めるし、「成長小説」としても読めてくる。そう、人は四十二歳になっても成長できるのだ。強くうなずきたくなるような力があった。会社員として、妻として、母として、たくさんの経験を重ねても、なだらかな曲線を描くだけだったライフポイントのようなものが、たったひとつの大切な恋で、大きく跳ね上がる。それが人を変え、成長させるのだろう。

情事の終わり、というタイトルも秀逸だ。皮肉にも榊の台詞として出てくるのもおもしろい。奈津子と関口のいわゆる「情事」はたった一度きりだ。その場面の美しさにはたじろいだ。行為というより好意に宿る恋情のせつなさ、やさしさと激しさ。たくさんの試練を経て結ばれるふたりの思いがすべて込められて発露する美しさだった。美しさには強さが含まれている。このとき、すでに奈津子の中には堅い決意があり、関口もそれを察して受けとめる。

壊れてしまうのではないかとはらはらしていた私の恐れは、ある意味的中したともいえる。情事。一度きりであっても、奈津子も、関口も、多くのものを壊してしまった。しかし、壊したから生まれるものがある。終わりのあとに始まりが来るように。

ずっと奈津子に寄り添っているつもりだった。ときに初々しく、ときには歯がゆく感じながら、まるで親しい友人を見守るような気持ちで読み進めた。底のないプールに飛び込んで、めいっぱい泳いできた奈津子。きらきらと光る泡に見とれ、戸惑い、そっと手を伸ばし、でも泡だから捕まえることはできなくて、いつの間にか身体は少しずつ水に沈んでいく。すべてがうまくいくハッピーエンドなんてない、と思いながら、水の中で必死にもがく奈津子に胸を痛めてきた。

ラストで、思いがけず奈津子は高く翔《と》ぶ。水中から大きくジャンプした奈津子の姿を、私はまぶしく見上げるしかなかった。


あなたに会って私は初めて自分がどれほど孤独であったかを知りました。家庭でも職場にも居場所がなかった。あなたに会うまではそれに気づかなかった。いえ、気づきたくなかったのかもしれない。

自分自身よりも大事だと思う相手に出会えたことに心から感謝しています。短い一生の間に、そういう相手にめぐり合うことのできる幸せな人間がどれくらいいるでしょうか。

だから私はもう、孤独ではないのです。あなたに二度と会うことがなくても。

こんなに美しい手紙があるだろうか。

美しいがゆえに胸に刺さる。これを受け取った関口の慟哭《どうこく》はいかばかりだったろう。奈津子のそばで、奈津子の側から物語に寄り添っていたつもりで、ぽーんと突き放される。気がつけば、関口の横に立って私も空を見上げている。

ラスト。奈津子が選んだ結末。これがほんとうに結末となるのかどうか、わからない。終わりが始まり。ここから奈津子の、関口の、そしてふたりの人生が始まるのかもしれない。少なくとも、終わってはいない、と思う。

電車の窓から見上げた空に真昼の月が浮かんでいたように、私も奈津子の姿を月に重ねる。

「月って、昼間にも見えるのよ。雪みたいに白くて雲に紛れてしまうから、気をつけていないと見逃してしまうけど」

「私のジンクスなんですよ。昼間に月が見えるといいことがあるって」

奈津子の言葉がよみがえる。

同時に、その台詞を聞いたときの関口の心中が明かされる。

きっとふたりは、別々の場所にいても、昼間の空に白く浮かぶ月を見るたびに、お互いのことを想うのだろう。もしかしたら、と私は思う。やがてその白い月は、ふたたびふたりをめぐりあわせるのかもしれない。奈津子は「二度と会うことがなくても」と書いているけれど、もしかしたら。――もしかしたら、もう、ふたりは月の出ているどこかの空の下でめぐりあっているかもしれない。そう祈りたいような気持ちになった。

本書は二〇〇八年一一月に小社より刊行された単行本『雪白の月』を文庫化したものです。文庫化にあたり、改題の上、加筆修正がなされています。（編集部）

実業之日本社文庫 あ53

情事《じょうじ》の終《お》わり

2012年8月15日　初版第一刷発行

著　者　碧野《あおの》　圭《けい》

発行者　村山秀夫
発行所　株式会社実業之日本社
〒104-8233　東京都中央区京橋 3-7-5 京橋スクエア
電話 [編集]03(3562)2051 [販売]03(3535)4441
ホームページ　http://www.j-n.co.jp/
印刷所　大日本印刷株式会社
製本所　株式会社ブックアート

フォーマットデザイン　鈴木正道(Suzuki Design)

ISBN978-4-408-55083-1（文芸）